W0313638

Ilse Bähnert jagt Dr. Nu

Eine Krimikomödie mit Schuss

Impressum

© edition Sächsische Zeitung
SAXO'Phon GmbH · Ostra-Allee 20 · 01067 Dresden
www.editionSZ.de

Satz und Gestaltung:
Tom Winter · Dresdner Verlagshaus Technik GmbH
Titelfoto: Stephan Floß
Druck: CPI Moravia Books GmbH

Alle Rechte vorbehalten · 1. Auflage Oktober 2009

Das Werk einschließlich aller seiner Teile ist urheberrechtlich geschützt. Jede Verwertung außerhalb der engen Grenzen des Urheberrechtsgesetzes ist ohne Zustimmung unzulässig und strafbar. Das gilt insbesondere für Vervielfältigungen, Übersetzungen, Mikroverfilmungen und die Einspeicherung und Verarbeitung in elektronischen Systemen.

ISBN 978-3-938325-69-8

Ilse Bähnert jagt Dr. Nu

Eine Krimikomödie mit Schuss

Tom Pauls und Mario Süßenguth

Alle Personen in dieser Geschichte sind frei erfunden, abgesehen von den historisch verbürgten. Übereinstimmungen oder Ähnlichkeiten mit lebenden oder verstorbenen Personen sind daher absolut unmöglich!

Inhaltsverzeichnis

KAPITEL 1

Anruf im Morgengrauen

Taumelnd fielen die Schneeflocken vor Ilse Bähnerts Wohnstubenfenster auf den Wäscheplatz. Wie Flitter glitzerten die Kristalle im fahlen Mondlicht und bedeckten nach und nach den graubraunen Novembermatsch mit einer staubzuckerweißen Schicht. Auf dem Fernsehbildschirm in Frau Bähnerts schummriger Stube flimmerten Wiederholungen vom Vortag über den Bildschirm: Die schönsten Köche singen ihre besten Rezepte. Oder war es umgekehrt? Die besten Sänger kochen ihre schönsten Rezepte! In Ilses Träumen verquirlte sich alles zu einem süßen Brei, wie die Zutaten eines guten Eierkuchens. Der Ton des Fernsehers war abgedreht. Nur die alte Standuhr gab halbstündlich sanfte Glockenschläge von sich, und aus Ilses sachte geöffnetem Mund erklang leise ein melodiöses Schnarchen.

Über ihre mehlbestäubte Kittelschürze hatte sie eine karierte Wolldecke gezogen, damit sie nicht fror. Wie so oft war sie nach den letzten Nachrichten in ihrem weichen Ohrensessel eingenickt, hatte sich in einen wilden Traum gestürzt und es deshalb nicht bis ins große frisch bezogene Doppelbett geschafft, trotz mehrmaligen schreckhaften Aufwachens.

In der kleinen Wohnung roch es nach frisch gebackenem Kuchenteig, nach Mandel, Zimt und geriebener Zitronenschale. Die Vorbereitungen auf die Eierschecke-Backmeisterschaft kosteten all ihre Kraft. Eine bahnbrechende Rezeptur ging Ilse Bähnert seit Tagen und Nächten durch den Kopf. Daher glich ihre Küche einem Schlachtfeld. Fürs Saubermachen kam die von der Volkssolidarität angebotene Haushaltsunterstützung leider nicht in Frage. Die eigenwillige Dame ließ sich ungern in ihre Karten schauen.

Ilse Bähnert war eine zierliche kleine Frau von zäher Natur, mit treuherzigen Augen und einem unerschütterlichen Selbstbewusstsein. Sie liebte es, mit einem feinen Hütchen auf die Straße zu gehen und in ihrer geräumigen Handtasche neben den Dingen, die eine jede Dame von Welt so braucht, auch stets etwas für die Seele mitzuführen.

Dabei handelte es sich um eine mittelgroße Schraubverschlussflasche, gefüllt mit Eierlikör, selbst hergestellt nach dem geheimen Familienrezept, das von ihrer Großmutter stammte.

Gerade als sich im Wohnzimmer eine Stubenfliege auf Ilses Nasenspitze niederließ und die betagte Dame unruhig ihr Riechorgan kräuselte, um so das lästige Tierchen zu verscheuchen, begann das altmodische schwarze Telefon neben dem Sessel zu scheppern, als würde die Feuerwache Alarm schlagen. Die Witwe fuhr erschrocken hoch.

„Meine Herrn! Dreiviertel Sechse", murmelte Ilse Bähnert mit einem schnellen Blick zur Standuhr. „Wer zerrt eenen denn jetzt ausm Schlaf. Mitten in dor Nacht!"

Sie nahm eine akkurate Haltung an, als ob sie der Anrufer am anderen Ende der Leitung sehen könnte, griff elegant zum Hörer und sagte im vornehmsten Sächsisch in die Sprechmuschel:

„Hallo, Bähnert am Apparat! Mit wem spreche ich bitte?"

Einen kurzen Augenblick verharrte sie mit ihrem neugierig-feinen Gesichtsausdruck, vernahm die Stimme – und es schien so, als ratterten unter ihrer ein wenig aus der Form geratenen Kaltwelle die bejahrten Relais, bis es endlich Klick machte.

„Ach, dor Strietzel! ... Äh, Herr Kommissar Strietzel! ... Nu glor erinnere ich mich! Dor Manne! Dor kleene Manfred! Sie ham doch bei uns im Haus gewohnt, im Sudderreng?", sagte Ilse, ihre Stimmlage erhöhend. „Ja gut, Barderre, links neben Zieschong, und ihre Mutter hat doch damals ..."

Frau Bähnert war hellwach und rief ihre Sätze mit gellender Stimme ins Telefon. Freudig erregt rutschte die alte Dame auf ihrem schafwollenen Sitzkissenbezug hin und her, richtete sich immer wieder das Haar und nickte, während am anderen Ende der Leitung offenkundig Kommissar Strietzel den Grund seines Anrufes vortrug, was immer wieder durch aufgeregtes Fragen von Ilse Bähnert unterbrochen wurde.

„Und sie sind jetzt in der Bäckerei Müller, hier bei mir in Löbtau, fein! Wolln sie mich zum Frühstück einladen, nach so langer Zeit? Oh, das ist lieb!“

Doch abrupt versteinerte Ilses Gesicht. Eine kalkige Weiße strich über ihre Wangen, und die schmalen Lippen begannen zu zittern.

„Wie bitte? Dor Müller? Tot?“, fragte sie stotternd ins Telefon. „Mei Bäckermeester! ... Wo? ... In der Backstube? Das gibts doch gor nich. Den hab ich doch gestern spätnachmittags noch mit seinem weißen Käppi dort rumrammeln sehen, wie der seine frische Eiorschegge off dem Blech rein gebracht hat indn Laden. Sagen sie bitte, dass sie mich vergackeiern wollen, Herr Kommissar!“

Doch es schien bitterer Ernst zu sein. Frau Bähnert schwieg mit einem Mal, hörte zu, nickte, schüttelte ungläubig den Kopf, zuckte mit den Achseln und ließ hin und wieder ein „Um Gottes Willen“ in den Hörer fahren, um kurz darauf zu murmeln: „Forschdbar, wer macht denn sowas!“

Nach einer Weile war der Kommissar zum Punkt gekommen. Dann kam endlich Frau Bähnert wieder ausführlich zu Wort.

„Ach so! Ich soll ihnen behülflich sein? Als wichtige Zeugin?“, tirilierte die alte Dame und schien dem Sessel entschweben zu wollen. „Jawoll, verstehe! Herr Kommissar Manfred, ich komme!“

Frau Bähnert warf den Hörer schwungvoll zurück in die Gabel, stand mit einem fast jugendlichen Ruck aus dem Sessel auf und schwang sich das lange Ende eines zitronengelben Seidentüchleins um den Hals, genauso wie es ein Impressario tut, wenn er die Bühne betritt. Feierlich schaute die Witwe zu ihrem golden umrahmten Herbert an der Wand: Da saß er ungerührt in seiner Festuniform, mit dem unerschütterlich tapferen Blick, mit dem er Tag und Nacht von seinem Platz im Bilderrahmen aus schweigend die Stube kontrollierte.

„Herbert, mein Lieber, man verlangt nach mir!“, sagte Frau Bähnert und reckte das Kinn ein wenig nach oben.

Kampfeslust stieg in ihr auf. Die rechte Hand ballte sie zur Faust und erhob sie in Richtung des Wandbildes.

„Auf in die Schlacht!“, rief Frau Bähnert.

Fast wirkte es so, als reagiere der zeitlebens herzensgute Gatte auf die theatralische Botschaft seiner treuen Gefährtin, die ihn nun schon um etliche Jahrzehnte tapfer überlebt hatte. Ein leichtes Nicken mit einem gütigen Gesichtsausdruck versprach das Foto, was wohl so viel heißen mochte wie: „Ilse, du schaffst das. Aber sei schön vorsichtig! Und mache die schöne Dederonschürze nicht kaputt, die ich dir damals geschenkt habe, zu unserer Hochzeit.“

Ein Blick zur Uhr, dann eilte Ilse Bähnert Hals über Kopf aus der Stube in den schmalen Flur, zog sich rasch ihren schwarzen Mantel an und blickte besorgt in die kleine Küche. Dort türmten sich Eierschalen, leere Mehl- und Zuckertüten. Ofenblech, Butterpinsel und Backpapier lagen kreuz und quer herum.

„Es gibt Wichtigeres zu tun!“, sagte Ilse Bähnert. „Erst de Arbeit … und dann der Uffwasch!“

Sie schloss die Tür zur Küche und verließ erwartungsvoll ihre Wohnung.

KAPITEL 2

Der Mörder grüßt mit Marmelade

Bäckerei Müller aus innerbetrieblichen Gründen geschlossen! stand in eilig dahin gekritzelter Kugelschreiberschrift auf dem grauen Pappschild, das hinter der Glastür an einem Faden baumelte. Ein milchiges Licht stand am Himmel über der Stadt, und jeder hätte es sich gut vorstellen können, dass einem bei diesem nebligen Schmuddelwetter die Lust aufs Tagwerk verging. Missmutig schauten die Leute auf das Schild an der Tür und machten schulterzuckend auf dem Absatz kehrt. Einige brummten kurze sächsische Flüche vor sich hin und ahnten nichts Gutes, weil auf dem kleinen Parkplatz vor dem Laden Polizeiautos standen. Das Blaulicht blinkte still vor sich hin und spiegelte sich rhythmisch im großen Schaufenster der Bäckerei. Hinter der Scheibe hantierten Polizisten und etliche Beamte in Zivil. Frau Bähnert tauchte gerade neben einem der Herren auf. In der Backstube war es angenehm warm.

„Sehen sie die blau unterlaufene Stelle an der Schläfe?", fragte Kriminalkommissar Strietzel, und sein buschiger Schnauzbart wippte dabei auf und ab.

Frau Bähnert folgte mit ihrem Blick dem Zeigefinger des Kommissars und sah nach unten auf die Fliesen. Sie konnte nicht lange hingucken. Rücklings lag der ihr so vertraute Bäckermeister auf dem grün-weiß gekachelten Boden – regungslos wie eine Schaufensterfigur. Aus dem rechten Mundwinkel sickerte Blut, und über das mehlweiße Kinn und den Hals zog sich ein schmaler Streifen getrockneten Blutes. Der Raum, der sonst so herrlich vom Geruch ofenwarmer Semmeln und dem Duft frischen Brotes erfüllt war, wirkte jetzt seltsam steril. Uniformierte Männer sprühten Chemikalien auf alle möglichen Gegenstände, so dass es mehr und mehr wie im Krankenhaus statt wie bei einem Bäcker roch. Unablässig knipste ein Polizeifotograf mit grellem Blitzlicht den Toten, der dadurch noch gespenstischer wirkte. Frau Bähnert mit ihrem schwarzen Ausgehhütchen wankte benommen hin und her, umklammerte ihre Handtasche, als könnte diese ihr Halt geben und drohte für einen Moment, ohnmächtig niederzusacken. Kommissar Strietzel stützte sie schnell mit seinem massigen Polizistenleib, der in einem sichtlich zu eng gewordenen braunen Jackett steckte. Dankbar lehnte sich die schmale Rentnerin an die breite Flanke Strietzels.

„Ich gloobe, ich brauche erschtmal een richtig starken Bohnengaffee", flüsterte Frau Bähnert. „Eene Leiche auf nüchternen Magen is ganz schwer zu ertragen."

In ihrem über achtzigjährigen Leben hatte sie schon viel gesehen. Aber das verschlug ihr doch für einen Augenblick die Sprache. Dann fand sie die Macht über ihre Zunge und über ihre Stimmbänder zurück.

„Der arme Mann, der konnte doch keener Fliesche was zu Leide tun", sagte die alte Dame fast tonlos in den Raum. „Ein Bäcker ist doch das gute Gewissen dor Gemeinde, de Seele dor Stadt. Vorstehen se mich nicht falsch, lieber Herr Strietzel – ohne Pfarrer könnte man leben. Aber ohne Bäcker? Niemals!"

„Sie haben vollkommen recht, Frau Bähnert! Wir stehen vor einem großen Rätsel, was das Motiv für diese Tat angeht", sagte Kommissar Strietzel in seinem sonoren Brummbärenton. „Wir sind über jeden noch so kleinen Hinweis dankbar."

In diesem Augenblick riss jemand die Ladentür auf. Ein heftiger Luftzug wehte durch die Backstube. Den Raum erfüllte eine auffallend laute, schneidende Stimme. Langen Schrittes eilte ein hochgewachsener Herr herein, dessen cremefarbener Trenchcoat über dem tadellos sitzenden Maßanzug aufbauschte, während er die blitzblank geputzten braunen Lederschuhe zielsicher neben die Blutlache setzte, die sich am Boden neben der Leiche gebildet hatte. Sein gleichmäßig gebräuntes Antlitz hob sich von den blassgrauen Gesichtern der Umstehenden ab. Er strahlte Selbstsicherheit und rastlose Betriebsamkeit aus. Als sich der große Schlanke dem kleinen gedrungenen Kommissar Strietzel näherte, beobachtete Frau Bähnert, wie Strietzel für einen winzigen, fast nicht wahrnehmbaren Moment die Augen verdrehte. Der Lange im edlen Zwirn übernahm umgehend das Kommando.

„Was ist hier los?“, lärmte er. „Wer ist diese alte Dame? Kommissar Strietzel, ich höre!“

„Schönen guten Morgen erst einmal, Herr Hauptkommissar“, sagte Strietzel. „Darf ich vorstellen: Ilse Bähnert, ehemalige Nachbarin von mir und seit Jahrzehnten Stammkundin bei Bäcker Müller, unserem Opfer. Meines Erachtens eine wichtige Zeugin, weil sie gestern am späten Nachmittag eine der letzten Kundinnen gewesen sein muss, die den Toten noch lebend gesehen hat. Habe ich vorhin von der Frau des getöteten Opfers erfahren.“

Während Kommissar Strietzel seinem Kollegen gegenüber Frau Bähnert so förmlich bekannt machte, zierte sich die alte Dame fast ein wenig, weil ihr der Herr im langen hellen Mantel und der modischen Männerfrisur zunächst imponierte. Mit der linken Hand fuhr sie über den Rand ihres Hütchens und schaute verlegen nach unten. „So e resoluter Mann, dor Hauptkommissar! Und so energisch!“, dachte sie. „Vielleicht e bissel zu energisch für unsre Gegend!“

Der unruhige Hauptkommissar ließ keine Zeit verstreichen. Er drehte sich schnell wie ein Kettenkarussell einmal um die eigene Achse, um damit auf seine Art und Weise den notwendigen Überblick am Tatort zu gewinnen.

„Aha, Strietzel! Eine Zeugin also! Sehr interessant!“, sagte er. „Dann: Tatort sichern! Protokoll aufnehmen! Keine wertvollen Sekunden verlieren!“

Wie sich bald herausstellte, war der Mann mit der Ausstrahlung eines vorbeirasenden Schnellzugs der Chef von Kommissar Strietzel. Er hieß Johannes Bücklich-Bömmler und war vor einigen Jahren aus Köln-Bocklemünd in den nunmehr angeschlossenen Osten Deutschlands aufgebrochen. Bei der sächsischen Polizei war Bücklich-Bömmler kometenhaft vom schnöden Polizeiobermeister zum schillernden Ermittler bei Kapitalverbrechen aufgestiegen. Binnen kurzer Zeit stand an Bücklich-Bömmlers Bürotür *Kriminalhauptkommissar.* Die meisten seiner Kollegen mochten ihn nicht sonderlich. Einige bezweifelten seinen Sachverstand, anderen missfielen das großkotzige

Auftreten und der oft rücksichtslose Ton. Wirklich allen ging sein ellenlanger Doppelname auf die Nerven, der im Westen offensichtlich eine Art urkundlich verbürgtes Statussymbol darstellte. Im Osten erinnerte dies mehr an den meterlangen Titel für einstige Generalsekretäre und Staatsratsvorsitzende.

„Jetzt wollen sie sicher wissen, warum wir ausgerechnet sie, Frau Bähnert, in diesem Fall befragen?", sagte Bücklich-Bömmler mit kennerhaftem Gesichtsausdruck.

Die Angesprochene schaute interessiert in das vor Übereifer glühende Gesicht des Hauptkommissars, und der fuhr fort:

„Gerade sie als Stammkundin können uns möglicherweise wichtige Hinweise auf diese Sache hier geben, zum Beispiel, ob ihnen gestern an diesem Kuchen da was aufgefallen ist!"

Der Mann nahm seine überaus modische anthrazitfarbene Brille mit der linken Hand ab und schaute festen Blickes zu Frau Bähnert, um seine überbetonte und eitle Rede zu vollenden.

„Genau, um uns solche weltbewegenden Fragen zu beantworten, haben wir sie rufen lassen, liebe Frau Bähnert."

Bücklich-Bömmler wandte sich der blonden, vollbusigen Mittvierzigerin hinter der Verkaufstheke zu. Es war Roswitha Müller, die Bäckersfrau, die bislang mit ausdrucksloser Miene hinter der Verkaufstheke gewartet hatte. Mit seinem schlanken langen Zeigefinger deutete der Hauptkommissar auf die Glasvitrine.

„Geben sie mir mal so ein Stück Kuchen da!", forderte er.

„Welches meinen sie?", erkundigte sich die Bäckersfrau unsicher.

„Steht doch dran", gab Bücklich-Bömmler zurück, „Doktor Eierschecke!"

Frau Bähnert glaubte sich verhört zu haben und erteilte dem Brausewind aus dem Westen erst einmal eine saftige Lektion in sächsischer Kuchengeschichte.

„Entschuldschen sie, das ich sie kurz korrigiere, Herr Bucklich-Bummler! Das D und das R auf diesem kleinen Kuchenschildchen in der Vitrine, das steht nicht für Doktor, sondern für Dresdner. Die Pappe war eenfach zu kleen, da hat die Verkäuferin den Kuchennamen abgekürzt! Dr. – wie Dresdner Eiorschegge eben!"

Bücklich-Bömmler guckte perplex auf die verglaste Theke, nestelte irritiert an seiner himmelblauen Krawatte, sah über die freche Verballhornung seines Namens hinweg und drehte sich zu Strietzel um.

„Notieren sie das, Strietzel! Sind ja alles wichtige Informationen! Bei mir können sie eben immer was lernen, was, Strietzel!" Bücklich-Bömmler lachte krähend auf.

Der beleibte sächsische Kommissar ließ kurz seinen dicken grauen Schnurrbart zucken, schüttelte still den Kopf, folgte dann aber artig dem gebieterischen Wunsch seines Chefs und notierte die eben gewonnene Erkenntnis des Westimports. *Dr. Eierschecke = Dresdner Eierschecke!* kritzelte er auf seinen Schreibblock.

„Herr Bröcklich-Bommler!", meldete sich Ilse Bähnert wieder zu Wort. „Sie sind wohl nicht von hier?"

Sie schaute vorwitzig in die moosgrünen Augen des Hauptkommissars und erntete einen missbilligenden Blick des gekränkten Ermittlers.

„Nein, nicht von hier, glücklicherweise!", sagte er herablassend. „Ich bin zu ihnen gekommen, um hier in der DDR zu helfen. Von der Pike auf alles neu aufbauen! Alles total neu aufbauen, verstehen sie, was ich meine!"

„Nu glor! Bau auf, bau auf – für eene bessere Zukunft", sang Ilse Bähnert zu einer altbekannten Melodie. „Kennen wir, Herr Bückdich-Brummler, kennen wir!"

„Super, Frau Bähnert, super! Sie wissen, was ich meine!", entgegnete Hauptkommissar Bücklich-Bömmler, der die Anspielung der alten Dame auf den berüchtigten FDJ-Schlager selbstverständlich nicht bemerkt hatte und wiederum die despektierliche Wortspielerei um seinen Namen eisern ignorierte.

Der gemütliche Kommissar Strietzel, der diese im Minutentakt zwischen Euphorie, Jähzorn und Gönnerhaftigkeit pendelnden Launen seines Vorgesetzten Johannes Bücklich-Bömmler seit Langem mit stoischer Ruhe erduldete, nahm Frau Bähnert zur Seite, um weitere Sticheleien ihrerseits zu verhindern. Derweil zog Hauptkommissar Bücklich-Bömmler einen elektronischen Notizblock aus der Manteltasche, tippte mit einem Plastgriffel entnervt darauf herum, drehte sich dann schnaubend um und schritt vor die Tür zu den wartenden Fotografen und Journalisten, wo er alsbald unvorstellbar wortreich erste schnelle Ermittlungserfolge in Aussicht stellte. Die Presseleute froren, teils wegen der Kälte, teils, weil ein Gutteil von ihnen viel zu früh verkatert aus den Betten geklingelt worden war.

„Wissen sie schon, wer den Bäcker umgebracht hat? War es ein Konkurrent?", fragte ein teiggesichtiger, vollkommen übernächtigter Reporter mit gurgelnder Raucher- und Whiskeystimme, der in einer auffallenden grellroten Wattejacke steckte, auf der in fetten Großbuchstaben der einprägsam kurze Name seines Revolverblattes stand.

„Nein, Herr Entrich, wissen wir nicht. Aber sie werden wie immer der erste sein, der es erfährt!", sagte Bücklich-Bömmler, ohne seinen außerordentlich wichtigtuerischen Gesichtsausdruck abzulegen. „Sie wissen, dass unter meiner Führung Verbrechen nicht lange der Lösung harren." Dann lächelte Bücklich-Bömmler vielsagend und raunte kumpelhaft: „Wohl noch bis zum Tresenschluss im *Flax* geblieben, was Entrich?"

Der Reporter mit der Whiskeystimme fühlte sich ertappt und schwieg erst einmal. Das *Flax* war ein stadtbekanntes Nachtlokal. Bücklich-Bömmler verkehrte dort ebenso wie Entrich, ohne dass beide befreundet gewesen wären. Sie kannten sich aus der Nachtbar und von den Pressekonferenzen der Polizei. Nach einer Schrecksekunde fand der bullige Reporter zu seinem frotzelnden Fragestil zurück.

„Warum darf diese alte Dame in den Sperrbereich? Bestimmen sie jetzt neuerdings selbst über die Grenzen der Pressefreiheit, Herr Bücklich-Bömmler?", schob er kratzstimmig nach und fand damit hörbare Zustimmung selbst bei seinen dezenter auftretenden Berufskollegen.

„Kein Kommentar, Herr Entrich, jedenfalls nicht zu diesem Zeitpunkt! Die alte Dame ist übrigens keine Kollegin von ihnen, da kann ich sie beruhigen, sondern eine Zeugin", beschied Hauptkommissar Bücklich-Bömmler und wendete sich mit einem smarten Lächeln einer jungen, attraktiven, blondierten Fernsehreporterin zu, um ihre offenkundig harmlosen Fragen zu beantworten.

Kommissar Strietzel beobachtete von drinnen das ihm altbekannte Treiben vor der Ladentür, verschränkte seine Hände über dem stattlichen Bierbauch und nahm sich fest vor, sich heute keinesfalls mehr aus der Ruhe bringen zu lassen oder sich über irgendjemanden aufzuregen. Mit Frau Bähnert an seiner Seite hoffte er auf zügige Erkenntnisse, denn der Kommissar wusste ganz genau um die seltene Gabe der gewitzten Witwe.

Kein noch so kleines Geheimnis ließ sich vor ihr verbergen. Und kannte sie es, dann behielt sie es nicht lange für sich. Niemand konnte erfolgreicher klatschen und tratschen. Das war einer der Gründe, warum Kommissar Strietzel Frau Bähnert gern als privilegierte Zeugin dabei haben wollte. Zum anderen hatte Frau Bähnert jeden in der früheren Hausgemeinschaft die Unterschiede zwischen einer guten und einer misslungenen Bäbe beigebracht. Sie war obendrein immer im Advent mit einer verbeulten Eduscho-Kaffee-Blechdose selbstgebackener Plätzchen von Wohnungstür zu Wohnungstür gegangen, um die liebe Nachbarschaft von ihrer hohen Backkunst zu überzeugen. Und wer, wie Manfred Strietzel, einmal von der Bähnertschen Eierschecke hatte naschen dürfen, der wusste, dass man das in Vollendung gebrachte Gebäck genüsslich kauen und voller Glück runterschlucken konnte. Kurzum, Ilse Bähnert, das war dem Kommissar sonnenklar, verstand etwas von der Backkunst, und sie wäre angesichts ihrer anderen Kundschaftertalente gewiss eine erfolgreiche Polizeiermittlerin geworden. Jedenfalls schickte sich Kommissar Strietzel an, die alte Dame bei Laune zu halten, auch wenn er in solchen Fällen mit seinen Komplimenten manchmal zu Übertreibungen neigte.

„Verehrte Frau Bähnert!“, raunte Strietzel in verschwörerischem Ton, eine Hand als halbrundes Sprachrohr unter den Schnauzbart haltend. „Wenn es jemanden in dieser Stadt gibt, der maßgeblich helfen könnte, dem Täter das Handwerk zu legen, dann sie.“

Der so lobgepreisten Frau schoss ein Hauch jugendliche Frische in Rosé in die kleine blasse Nase.

„Mit Verlaub, Frau Bähnert“, fuhr Strietzel fort, „sie haben das zweite Gesicht, wenn sie wissen, was ich meine! In den Vereinigten Staaten werden Menschen wie sie als hoch bezahlte *Profiler* engagiert, professionelle Seelenseher, Spezialisten, die förmlich riechen, wenn etwas Unheimliches in der Luft liegt.“

„E Brotfeiler!“ – so hatte es Frau Bähnert verstanden. „Ach hörn se doch off! Herr Strietzel, sie machen mich doch ganz verlegen, sie alter Scharmöhr.“

Wie ein Mädchen im Backfischalter tätschelte sich die alte Dame mit dem angewinkelten rechten Zeigefinger über die Oberlippe und schaute schamhaft zum Kachelboden, wo sie jedoch blitzartig wieder die blutige Wirklichkeit wahrnahm. Noch immer erstreckte sich der Körper des Toten über die Fliesen. An einzelnen Punkten auf und neben der Leiche hatte die Spurensicherung zwischenzeitlich weiße Kärtchen mit schwarzen Nummern aufgestellt. Sie markierten die Fundstellen von bestimmten Objekten – wie etwa Nudelholz oder Butterpinsel.

Frau Bähnerts Magen rebellierte noch gegen die unerfreulichen Bilder des Morgens. Die Gegenstände begannen sich vor den Augen der Dame wie in einem Kaleidoskop zu vervielfachen und im Kreis zu drehen. Ihr wurde schummrig wie auf einem schaukelnden Schiff bei Sturm.

„Frau Bähnert, alles in Ordnung?“, fragte Kommissar Strietzel fürsorglich.

„Se wern entschuldschen ... ich muss ... huch ... mir ist ... ich muss mich erstemal setzen“, gab Frau Bähnert matt zur Antwort.

„Warten sie, ich helfe ihnen", sagte Bäckersfrau Roswitha Müller, die ansonsten schweigend den Trubel in ihrem Geschäft hinnahm.

„Ach, Frau Müller, das ist nett", entgegnete Frau Bähnert und blickte in das traurige Gesicht der jungen Witwe. „Es tut mir so leid. Er war ein feiner Mensch – und so gebildet!"

Mit nach vorn gekrümmten Schultern lief Roswitha Müller in den Verkaufsraum mit seinem kleinen liebevoll eingerichteten Café, holte von dort einen runden Caféhaushocker und stellte ihn in den Durchgangsbereich zwischen Backstube und Laden. Frau Bähnert nahm dankbar Platz. Kaum saß sie, verbesserte sich ihr Zustand, und sie schaute sich in dem Bäckereigeschäft um, als wäre sie heute zum ersten Mal hier, so fremd und anders kam ihr das ganze Bild vor, das sich ihr bot.

An diesem für sie fast heiligen Ort hatte sie bis gestern die zweitbeste Eierschecke der Welt gekauft - die beste Eierschecke gelang selbstverständlich immer noch ihr selbst! Hier hatte sie über die aufgeplusterten Luftkissenbrötchen der Westbäcker gemeckert und sowieso über alle gelästert, die gerade nicht in Hörweite waren. Frau Bähnert schloss die Augen. Im Geiste sieht sie noch einmal Bäcker Müller, wie er fröhlich lachend an die Verkaufstheke kommt und ruft: „Frau Bähnert! Die Eierschecke geht heute aufs Haus – und schönes Kaffeetrinken, wünsche ich!"

„Immer freundlich, war er, der Bäcker Müller", sagte Ilse Bähnert leise zu sich. „Na ja, früher war er auch ein Pfennigfuchser, wenn er den letzten trocknen Kuchenrand für e Groschen an de Kinder verscherbelte – oder de alten Brötchen donnenweise als Semmelmehl verhökerte! Aber de Leute hams ja gekooft!"

Kommissar Strietzel kam heran, legte seine große schwere Hand auf die zierliche Schulter Frau Bähnerts und beugte sich fürsorglich zu ihr herunter.

„Kein Problem, wenn sie heute nichts zu Protokoll geben können", sagte er. „Lassen Sie uns morgen treffen. Wenn Sie wollen, komme ich zu ihnen. Dann müssen sie nicht erst zur Schießgasse ins Polizeipräsidium fahren. Wenn sie wollen, lasse ich jetzt einen Kollegen rufen, der sich um sie kümmert."

„Eiorschegge!" Wie in Trance murmelte Frau Bähnert den Namen der Kuchensorte vor sich hin. „Eiorschegge!"

„Schnell, ein Stück Kuchen für Frau Bähnert!", rief der Kommissar. „Sie hat wahrscheinlich noch keinen Bissen gegessen heute, die Ärmste!"

Frau Müller schlich zum Kuchenblech und schnitt für die alte Dame ein großes Stück ab. Es war das letzte Blech, das ihr Mann vor seinem Tod in der Nacht gebacken hatte.

„Lassen sie es sich schmecken", flüsterte Roswitha Müller, „mein Mann hätte ihnen seine letzte Eierschecke gewiss von Herzen gegönnt!"

Kauend ließ Frau Bähnert den Blick noch einmal in der Backstube schweifen und entdeckte plötzlich an der Kachelwand einen roten Schriftzug:

„Doktor Nu", las sie flüsternd.

„Wie bitte?", fragte Kommissar Strietzel.

„Na, sehnse! Da steht was an der Wand!"

„Dort? Tatsächlich!"

Kommissar Strietzel und alle anderen seiner Kollegen, von Hauptkommissar Bücklich-Bömmler ganz zu schweigen, hatten das blutrote Signet an der Kachelwand bislang nicht bemerkt.

Es grüßt Dr. Nu!

Strietzel trat näher heran, fuhr mit dem gummibehandschuhten rechten Zeigefinger über einen der Buchstaben, schnupperte an der dunklen Schmiere. Dann kostete er.

„Marmelade!", stellte Strietzel fest und probierte erneut davon. „Schwarze Johanna!"

Er schaute gebannt auf seinen Finger mit dem Fruchtaufstrich, als tue sich dort überraschend eine Lösung des Problems auf.

„Ist doch irgendwie eigenartig", brummte er. „Der Täter hinterlässt einen Namen und schreibt ihn mit Marmelade an die Wand!"

„De Türe hat er ooch off gelassen", wandte Frau Bähnert ein.

„Wovon sprechen sie?", fragte Kommissar Strietzel. „Welche Tür?"

„Die dort in dor Ecke, hinter dem Gestell für de frischen Brote!"

Die alte Dame zeigte auf einen schummrigen Bereich der Backstube, wo tatsächlich eine Stahlklappe einen Spalt offen stand.

„Tatsächlich, sie haben recht! Frau Bähnert, sie sind eine sehr gute Beobachterin. Aus ihnen wäre wirklich eine erfolgreiche Kriminalpolizistin geworden!"

„Es ist nie zu spät", sagte Frau Bähnert zu sich, „und selten zu früh!"

Die Männer von der Spurensicherung untersuchten die Stahlklappe, die allerdings nur eine Art Räucherkammer verschloss. Fragend schaute Kommissar Strietzel zur Witwe des Opfers. Roswitha Müller blickte mit auffallend erschrockenem Gesicht auf die Stahltür.

„Da hat er alle seine Rezepte und Rezepturen versteckt!", sagte Frau Müller. „Es waren seine Kostbarkeiten. Urgroßvater, Großvater, Vater – alle hatten die Familiensammlung vervollständigt! Unbezahlbare Schätze!"

„Um welche Rezepte hat es sich denn gehandelt?", fragte Strietzel.

„Für alle namhaften Kuchen, für die Krapfen, für die Quarktaschen, für die Hefezöpfe, für die Nusshörnchen, für die Streuselschnecken, selbstverständlich für den Dresdner Stollen, für die Schlesischen Semmeln, für unser berühmtes Bauernbrot, für die Kümmelstangen – jeder gute Bäcker besitzt solche Unterlagen und hütet sie wie seinen Augapfel!" Frau Müller schluchzte.

„Forschdbar!", meldete sich Frau Bähnert zu Wort. „Und daderfür musste ihr Mann sterben, Frau Müller!" Die alte Dame blickte zur Leiche. „Ich sehe gar keene Schusswunde, Herr Kommissar."

„Können sie auch nicht, Frau Bähnert. Der Bäckermeister wurde aller Wahrscheinlichkeit nach erdrosselt mit einem weißen Handtuch, das wir dort drüben gefunden haben. Dann ist das Opfer wohl mit voller Wucht mit dem Schädel auf den Boden geknallt, was das Blut aus seinem Mund erklären könnte."

„Darf ich das Handtuch mal sehen?", fragte Frau Bähnert. Sie verspürte mehr und mehr den Drang, aus der langweiligen Zeugenrolle herauszutreten, um selbst ein paar entscheidende Erkenntnisse über den Mord zu gewinnen.

„Tut mir schrecklich leid, Frau Bähnert! Alles noch laufende Ermittlungen. Streng geheim, eigentlich. Sie wissen jetzt schon mehr als der Bücklich-Bömmler!", wehrte Kommissar Strietzel den erwachenden Eifer der alten Dame ab. „Also, ihnen scheint es wieder besser zu gehen. Mein Kollege bringt sie nach Hause. Ich besuche sie morgen. Dreiviertel zwei?"

„Gerne, dreiviertel zwei! Wenn es sie nicht stört, dass ich nebenbei noch an meiner neuesten Eierscheckenrezeptur herumdoktere. De Backmeisterschaften! Sie wissen!"

Kommissar Strietzel blitzte ein Lächeln übers Gesicht, weil er daran dachte, wie lange er keine Original Bähnertsche Eierschecke mehr hatte probieren dürfen. Er nahm sich vor, morgen komplett das Frühstück und ebenso das Mittagessen ausfallen zu lassen, um seine Zeugenvernehmung mit besonders großem Appetit angehen zu können.

Als hätte Ilse Bähnert seine heimlichen Gedanken lesen können, sagte sie: „Bringse ruhig e bissel Appetit mit! Aber den hamse ja immer bei sich, wenn ich mir ihr Bäuchlein so angucke, mein lieber Manfred!"

Während Strietzel gequält lächelte, erhob sich Frau Bähnert von ihrem Hocker – noch ein wenig wackelig auf den Beinen – und verabschiedete sich mit einem festen Händedruck von Kommissar Strietzel.

„Gehen sie am besten über den Hof, damit sie nicht den Schaulustigen und der Journaille in die Arme laufen. Und behalten sie erst einmal für sich, was sie hier gesehen und aufgeschnappt haben!", riet er.

„Diskretion is doch Ehrnsache!“, entgegnete die alte Dame zum Abschied.

Strietzel winkte Ilse Bähnert noch kurz hinterher, dann wandte er sich Roswitha Müller zu, der trauernden Bäckersfrau. Sie war soeben damit beschäftigt, ihre gerade eingetroffene junge Verkäuferin über die Katastrophe zu unterrichten. Die Verkäuferin war eine hübsche Mittzwanzigerin mit einem rot gefärbten Pagenschnitt. Sie ähnelte wegen der Prinz-Eisenherz-Frisur ein bisschen der jungen Mireille Mathieu. Sie wirkte nervös und unruhig. Frau Bähnert kannte die Bäckereiaushilfe nur sehr flüchtig, weil sie stets Wert darauf legte, vom Bäckermeister persönlich bedient zu werden. Sie hatte deshalb nur ein paar Mal mit ihr belanglose Worte gewechselt.

„Sie haben heute frei, Fräulein Mandy“, empfing Roswitha Müller ihre Aushilfskraft. „Gehen sie bitte wieder nach Hause. Ich melde mich später telefonisch bei ihnen. Im Moment weiß ich nicht, wo mir der Kopf steht.“

Mandy Lorenz, genannt Fräulein Mandy, schaute sich ängstlich und sichtlich aufgewühlt in der Backstube und im Laden um, wo es vor Polizei und Kriminalbeamten nur so wimmelte. Frau Bähnert stand unentschlossen an der Tür nach draußen. Sie hielt die Klinke in der Hand, wollte sie nach unten drücken, doch ihre grenzenlose Neugier hielt sie noch einen Moment im Raum. Da erlauschte sie mit einem halben, aber über Jahre hin geübten Ohr einige Fetzen des Gesprächs zwischen Kommissar Strietzel und Bäckerwitwe Roswitha Müller.

„Hat ihr Mann womöglich den Tresorraum selbst offen gelassen oder vergessen ihn abzuschließen?“

„Niemals im Leben! Er trug den Schlüssel an einer Silberkette um den Hals!“, sagte die Witwe des Bäckers mit anhaltender Trauermiene. „Sie müssen ihn doch gefunden haben, den Schlüssel, meine ich. Oder der Mörder hat den Schlüssel mitsamt den Rezepturen mitgenommen!“

„Haben wir einen Schlüssel gefunden?“, rief der Kommissar in den Raum, worauf mehrere Verneinungen erfolgten. „Schlüssel weg, Rezepte weg“, sagte Strietzel.

„Also Raubmord. Wir geben eine landesweite Fahndung raus! Nein, besser gleich über Interpol."

Der Bäcker lag noch immer auf dem blanken Boden, weil die Polizei ihre Tatortermittlungen fortsetzte. Roswitha Müller stand starr wie eine Mamorsäule daneben und umklammerte mit der rechten Hand ein weißes Papiertaschentuch. „Eine wirklich tapfere Frau", dachte Frau Bähnert, die nun endgültig aus dem Bäckerladen verschwand. Auf dem Weg über den kleinen Hof kamen ihr in nachtschwarzen Anzügen die beiden Bestatter mit einer mattsilbernen Zinkwanne entgegen. „Forschdbar", murmelte sie. „Erst stirbste – und dann holen einen diese Herrn in den billigen, schlecht sitzenden Klamotten mit eener Blechbüchse ab. Da kannste direkt Angst bekommen vorm Tod!"

Die neugierige Schar von Gaffern und Presseleuten vor dem Laden von Bäcker Müller hatte sich erweitert. Aus dem Pulk war Kommissar Bücklich-Bömmlers schneidende Stimme deutlich herauszuhören. Er erklärte gerade, dass es bei diesem Fall etwas mit der „allseits bekannten Dresdner Eierschecke" auf sich haben könnte. Frau Bähnert dachte sich ihren Teil und ging zügig an der Meute vorbei, damit sie keiner erkannte und in ein Gespräch verwickelte. Dann hätte die alte Plaudertasche gewiss nicht lange dicht halten können über das eben Gesehene und Gehörte. Sie flitzte so schnell es eine derart hoch betagte Frau noch vermochte zum Buswartehäuschen und erwischte in letzter Sekunde die Linie 61, die sie an einen besonders beschaulichen Ort der Stadt bringen würde.

Für Ilse Bähnert gab es keinen schöneren Platz außerhalb ihrer Wohnung als das Café Toscana am quirligen Schillerplatz. Hinter der großen blank geputzten Scheibe saß sie oft stundenlang und blickte auf die Flussbrücke Blaues Wunder, auf die vorbeifahrenden Radfahrer, auf die Autos und auf die Elbe. An diesem Ort hatte Frau Bähnert Diktaturen und Despoten überstanden, einen Weltkrieg, eine Jahrtausendflut und eine Ehe. Letztere immerhin war ihr die liebste Erinnerung – wenn auch mit Ausnahmen.

„Denn dor Herbert konnte ooch e Fläz sein", erinnerte sich Frau Bähnert. „Wenn er zu viel getrunken hatte! Bier macht den Durst erst schön! sagte er immer. Und er hatte immer een schönen Durst, mei Herbert!"

Im Café Toscana hatte es nur im Hungerwinter 1946/1947 keinen Kuchen und keinen echten Bohnenkaffee gegeben, dafür dünn bestrichenes Marmeladenbrot und Muckefuck. Hinter Frau Bähnerts Lieblingsplatz an der blümchentapezierten Wand hing eine Fotografie. Sie zeigte die junge Ilse, in der Mitte stehend zwischen ihrem Herbert und Konditor Gränzel senior, aufgenommen bei einem Geburtstagskränzchen in den Goldenen Fünfzigern. Verflossene Zeiten, nur noch schöne Erinnerungen! Seit Ilse Bähnert Rentnerin war, stießen zweimal wöchentlich ihre Freundinnen hinzu, in Würde gealterte Damen, zähe Witwen, standhafter als manche Eiche.

„Eine Eiche verputzen wir doch an eenem Nachmittag", amüsierte sich Ilse. „Wem de Torte nich mehr schmeckt, der is schon tot."

Es war ein eingeschworenes Kränzchen einer Handvoll sympathischer alter Schachteln, die genüsslich ihren Bohnenkaffee schlürften und die süßen Köstlichkeiten vom Büfett ganz vornehm verspeisten. Wie im Siebenten Himmel fühlten sie sich dabei. Nur Ditschen kam selbstverständlich nicht in Frage. Das machte man nur alleine zu Hause. „Ditschen schont de Zähne, ob die ersten, zweiten oder de dritten", lautete Frau Bähnerts geheimes Motto.

Die liebenswürdigen Witwen versprühten im Café Toscana Gift und Galle über alles und jeden, der jemals in der Weltgeschichte mehr oder weniger von sich Reden gemacht hatte. Manch einen lobten sie auch über den grünen Klee. Das waren nur wenige.

„Die meisten heutzutage loben sich doch schon selbst genug", pflegte Frau Bähnert zu sagen. „Lieber schlecht über einen geredet als gar nicht!"

Als sie durch die wunderbar altmodische weiße Drehtür

mit den Glasfensterchen und den Messinggriffen das Café Toscana betrat, dachte Ilse Bähnert jedes Mal an die herrlichen alten Geschichten. Süße Jugend!

„Frau Bähnert, guten Morgen!“, rief Konditormeister Horst Gränzel. „So früh am Tag schon auf den Beinen!“

Er war der Enkel des alten Gränzel vom Foto. Gerade stellte er die kleinen Vasen mit den Trockenblumen auf die frisch aufgelegten weißen Tischdecken. Auch der „junge Gränzel“ war kein Halbstarker mehr, sondern hatte die Mitte der Fünfzig überschritten. Seit dem Unfalltod seiner Frau Erika vor zwei Jahren, meisterte er sein berühmtes Café allein. Die grauen Haare färbte er sich schwarz, um jünger zu wirken. Er liebte schnelle Autos. Außerdem betrieb er sein Konditorhandwerk mit Leib und Seele.

„Wie immer?“, fragte Horst Gränzel außerordentlich gutgelaunt seinen altbekannten Gast.

„Ach, hörnse off, Herr Gränzel! Gar nischt is wie immer! Ich kann ihnen sagen!“

Frau Bähnert ließ sich die Jacke abnehmen und fiel erschöpft auf ihren Stuhl am Fenster. „Sie glooben nich, was passiert ist!“

Konditor Gränzel schaute neugierig, während er die Zuckerdosen und die Milchkännchen über die Tische verteilte.

„Liebe Frau Bähnert, so schlimm wird es nicht gewesen sein. Was uns nicht umbringt, macht uns stärker!“

Der Konditor lächelte aufmunternd, denn Ilses Eigenart war ihm wohlbekannt – die Dinge des alltäglichen Lebens stets ein bisschen zuzuspitzen.

„Aber wenn es uns umbringt, dann isses vorbei!“, sagte Frau Bähnert.

„So frisch, wie sie aussehen, haben sie den größten Teil noch vor sich“, schmeichelte Gränzel.

„Was man von ihrm Berufskollegen leider nich mehr sagen kann. Haltense sich fest! Dor Bäcker Müller ist tot. Erdrosselt! Mit e Handtuch! Unfassbar!“

Die Neuigkeit musste einfach heraus. Frau Bähnert hatte sie nicht länger für sich behalten können. Sie wollte immer die erste sein, die eine Nachricht verkündete. Was für eine Schmach, wenn ihr andere beim Kränzchen zuvorkamen! Schon eben im Bus zum Café Toscana war ihr fast der Mund geplatzt, so stark war der Drang zu reden.

„Sie machen Witze, Frau Bähnert!"

„Darüber macht man keene Witze. Aufm Boden lag er, am Arbeitsplatz – wie e Sack Mehl. Der arme Mann!"

Ihre Stimme stockte. Jetzt überkamen Frau Bähnert doch noch Wehmut und Traurigkeit – und Zukunftsangst. Wo sollte sie ihren Prasselkuchen einholen? Und woher sollte für Weihnachten der Christstollen kommen, wenn nicht vom Bäcker ihres Vertrauens? Tränen kullerten aus Ilses Augen, tropften auf die weiße Tischdecke, und Konditor Gränzel eilte hinter das Kuchenbüfett, um schnell eine frische Serviette zu holen.

„Der Müller tot? Ermordet? Wer macht denn so etwas", sagte der Konditor ein wenig hilflos. Gränzel wirkte ganz durcheinander. „Ein Bäckermeister, der tut doch keinem was!"

Ilse Bähnert nickte stumm, tupfte sich das salzige Wasser aus ihren erröteten Augen und bestellte nach einem Augenblick der Konzentration mit fester Stimme ein Gedeck, wie sie es im Café Toscana immer bestellte – egal ob die Sonne schien, ob ein Wolkenbruch herunterkam oder ob die Börse krachte. „Es muss Konstanten im Leben geben! Höhepunkte! Halt! Traditionen!", so lautete eine von Ilse Bähnerts zahlreichen Weisheiten. Konditor Gränzel ließ seinen goldenen Schneidezahn blitzen und rief den Kellner, der nach ein paar Minuten ein Kännchen herrlich duftenden Bohnenkaffees und eine Holländerschnitte servierte. Die Glasur oben auf dem Blätterteig glänzte frisch, die Sahne stand wie eine Eins und die Kirschen unten leuchteten saftig rot.

„Dankeschön!", flüsterte Ilse und ergötzte sich an dem reichlich zugeschnittenen Stück. „Ein Kuchen muss groß sein, sonst kriegt man den Geschmack nicht mit!"

Mit dem silbernen Gäbelchen trennte sie sorgsam ein Stück von dem weichen Backwerk ab, führte es vornehm zum Mund und legte es trotz aller Aufregung mit Genuss auf die Zunge.

„Herrlich! Das beruhigt die Nerven. Eigentlich müsstes sowas beim Doktor auf Rezept geben. Warum kommt nie de Krankenkasse auf sone Idee?“

Konditor Gränzel war, nachdem er die Todesnachricht erhalten hatte, blass wie ein Schneeball aus seinem Café in die Küche verschwunden. Jetzt kam er zurück, denn hinter dem Büfett hatte das Telefon zu läuten begonnen. Horst Gränzel nahm den Hörer ab, murmelte seinen Spruch, dann schwieg er einen Moment, nickte darauf mit dem Kopf und schaute auffällig unauffällig zu Ilse Bähnert hinüber. Sie schwelgte in ihrem Gedeck, nippte am heißen Bohnenkaffee und kratzte mit der Kuchengabel die verbliebenen Reste der Holländerschnitte gedankenverloren vom Teller – auch das letzte Krümelchen Blätterteig und den letzten Schlagsahnespritzer, um das Ende dieses Genusses weiter und weiter hinauszuzögern. Des Konditors Blick zu ihr herüber bemerkte sie nicht. Der Cafébesitzer drehte sich wieder mit dem Gesicht zur Fliesenwand und flüsterte etwas in die Muschel. Er sprach dabei so verdächtig leise, dass Ilse nun doch aufschaute und bei sich dachte, dass es doch bestimmt um eine heikle oder zumindest sehr delikate Sache gehen müsse, wenn jemand so geheimnisvoll am Telefon tue. Mit einem Mal beendete Konditor Gränzel das Gespräch, legte auf, eilte zur Garderobe, nahm seinen Mantel und den grünen Jägerhut mit dem putzigen Gamsbart daran und verschwand grußlos aus dem Café. Ilse Bähnert schaute mehr als irritiert, weil sie solch ein fast schon ungehöriges Benehmen von ihrem Konditor im Café Toscana noch nie erlebt hatte.

„Dor Gränzel schnappt ooch langsam über!“, dachte sich die alte Dame. „Der soll sich mal nich off seiner Tradition ausruhen! Ich habe schon lange gemerkt: Der Kaffee im Toscana wird immer dünner!“

Frau Bähnert schaute dem davonspringenden Konditormeister nach. Durchs Fenster sah sie, wie er in seinen sportlichen Zweisitzer stieg, den er verbotenerweise auf dem Bürgersteig geparkt hatte. Mit quietschenden Reifen preschte Horst Gränzel davon.

In dieser Sekunde begann das Telefon wieder zu klingeln. Doch keiner ließ sich blicken, um den Anruf entgegenzunehmen. Kein Kellner war zu sehen, keine Küchenhilfe. Es klingelte und klingelte. Die lärmende Glocke schien mit jedem Mal lauter zu werden. Unruhig schaute sich Ilse um und rief nach der Bedienung. Nichts.

„Wenn nu was Wichtiges ist?“, dachte sie. „Ein Notfall! Eine sehr wichtige Reservierung? Und keener geht ran! Im Café Toscana! Was solln denn de Leute denken!“

Ilse Bähnert stand unauffällig von ihrem Stuhl auf, so als wollte sie zum Büfett gehen oder zur Toilette. Das Telefon klingelte weiter. Wie eine Katze schlich sie hinter den Glasschaukasten, in dem sich die köstlichsten Kuchen und Torten der Welt stapelten, und nahm den modernen flachen Hörer ab. Mit betont tiefer Stimme, den Konditor ein wenig nachahmend, sprach sie ins Telefon.

„Hier Café Toscana. Sie wünschen bitte!“

Am anderen Ende der Leitung herrschte Stille. Dann ertönte ein Knacken, kurz darauf ein Räuspern.

„Hallo, wer issn dran? Teilnehmer!“, rief Frau Bähnert.

Dann endlich meldete sich eine Stimme, fragte, ob dort das Café Toscana sei und diktierte eine Telefonnummer.

„Moment e mal! Brauche erst e Stift“, sagte Frau Bähnert und blickte sich suchend um. Aus dem Stapel neben der Registrierkasse zog sie sich schließlich einen älteren Briefumschlag heraus und schrieb die Nummer darauf.

„Jawoll, habe ich! Soll ich noch irgendwas ausrichten?“, fragte die alte Dame, doch da knackte es schon wieder im Hörer. „Offgelegt! Nu ja, wer nicht will, der hat schon.“

Den Briefumschlag mit der Telefonnummer steckte Frau Bähnert zusammengefaltet in ihre große Handtasche und nahm sich vor, ihn sofort Herrn Gränzel zu geben.

„Der kann ja nich für ewig verschwunden sein!“, murmelte sie.

KAPITEL 3

Der Einbruch

Während Frau Bähnert im Café Toscana saß, betrat eine schlanke, schwarz gekleidete Person das Mietshaus, in dem die alte Dame wohnte und machte sich an ihrer Wohnungstür im dritten Stock zu schaffen, öffnete sie mit einem Dietrich und begann, nach irgend etwas zu suchen. Der Eindringling zog Schubladen auf, kramte zwischen Papieren, fand Herberts letzte Zigaretten der Marke *Orient*, die Frau Bähnert seit dem Tod ihres Mannes im Kasten verwahrt hatte und manchmal wehmütig herausholte, um daran zu schnuppern. Die schwarz gekleidete Person legte sie wieder an den alten Platz, wie sie auch alle anderen Dinge sorgsam zurecht rückte, damit keine Spuren blieben. Dann öffnete sie die Türen zum Küchenbord, schob die Meissner Tassen zur Seite, hob die Deckelchen der Schälchen und Näpfchen hoch, beschnupperte und schüttelte Teedosen wie auch Gewürzgläschen und hielt dabei ihr Ohr daran, um etwas zu erlauschen. Aber offenbar fand der Eindringling nicht, wonach er fahndete, denn nach der Küche setzte er seine Untat in der Stube fort. Dort klappte er die Tür zur Standuhr auf und schaute hinein, um dort, wie im Märchen von den Sieben Geißlein, ein Versteck zu entdecken. Keine Spur davon. Ein vergessener Staublappen und drei Salzstangen waren die Beute, als der Eindringling unterm Sofa nach dem Gesuchten tastete. Einen verhutzelten Birnengriebs förderte er aus einer Ecke hinter dem Stubenbüfett zu Tage. Hinter dem Wandheizkörper zog er ein altes Seiffener Räuchermännchen hervor, nach dem Ilse schon seit fünf Jahren ergebnislos gesucht hatte. Er steckte es wieder an seinen Platz zwischen Wand und Heizung. Allerdings passte es nicht mehr so in die Ritze wie vorher. Deshalb lugte der grüne Bergmannshut des Räuchergesellen hinter dem Wärmekörper hervor. Nach einer Stunde gab die von Kopf bis Fuß dunkel gewandete Person ihre Sucherei auf. Gewissenhaft hatte sie alle Winkel abgetastet, so glaubte sie. Doch das Rezeptbuch mit Frau Bähnerts Eierschecke-Geheimnissen blieb verschwunden. Leise klickend fiel die Tür ins Schloss und der

Eindringling war verschwunden. Die Standuhr schlug zweimal kurz. Die Zeiger standen auf halb neun.

Dreieinhalb Stunden später, mit dem Mittagsgong, klapperten die Schlüssel, Frau Bähnert schubste die Tür auf und tat, was sie immer tat, wenn sie ein paar Stunden außer Haus gewesen war: Sie eilte in die Wohnstube zum Bild mit ihrem Herbert. Sie nahm es vorsichtig vom Haken, legte es mit dem Gesicht des Gatten aufs Sofa und bog auf der Rückseite des Rahmens die Halteklammern auf, nahm die Pappe weg und holte aus ihrem Geheimfach ein Konvolut alter, eng mit blauer Tinte bekritzelter Blätter hervor, die in einem dünnen, schon etwas speckigen Ledereinband steckten. Dabei handelte es sich um Dutzende von Kuchenrezepten, so wie sie die Großmutter selig hinterlassen hatte! Wie immer atmete Frau Bähnert hörbar erleichtert auf. Unter den Rezepten war auch das Original für die Bähnertsche Eierschecke.

„Sie sind noch da! Die guten Rezepturen! Mei Herbert! Ich danke dir! Dor Hort der Nibelungen könnte nicht sichrer liegen!“

Mit ein paar geübten Handgriffen verstaute sie das Blätterbündel unermesslichen Wertes wieder zwischen den beiden Pappen im Bilderrahmen und hängte ihren Schatz sorgsam an den alten Platz. Dann zwinkerte sie ihrem verstorbenen Gatten verschwörerisch zu.

„Wenn ich dich nicht hätte!“, seufzte Ilse.

Herbert blinzelte zurück, wie er es in Frau Bähnerts Augen immer an dieser Stelle zu tun pflegte.

Wenig später entdeckte sie das Räuchermännchen.

„Wo kommst du denn her, mei untreues Männel?“

Sie zog es vorsichtig hinter der Heizung hervor und rieb den Staub ab. Es roch schon ranzig. Doch die Freude über die Rückkehr der Holzfigur überwog.

„Traust du dich wieder zu mir! Warste ma draußen, um frische Luft zu schnappen. Roochwaren, was?“

Dann kamen Frau Bähnert die ersten Zweifel.

„Wieso lugt mein Männel nach fünf Jahren plötzlich

oben aus dor Heizung? Nicht, dass ich mich nicht freuen würde. Aber da stimmt doch was nicht!", murmelte sie.

Frau Bähnert hatte weder Haustiere noch jemals Gespenster in ihrer Wohnung bemerkt. Ihr kam der unheimliche Gedanke, dass jemand in der Wohnung gewesen sein musste. Jetzt, während sie die Wohnung verlassen hatte. Wie versteinert stand sie in ihrer Stube, wagte nicht den Kopf zu bewegen.

„Vielleicht steht der Gangster noch hinter dem Vorhang!", überlegte sie. „Mit eem Messer!"

Erst vorige Woche hatte Frau Bähnert in der Zeitung von einem brutalen Überfall auf ältere Menschen gelesen.

„Oder beobachtet der mich aus der gegenüberliegenden Stubenecke? Kauernd, neben der Ecklampe, hinter meiner Monstera?"

Ilse blinzelte nach oben zu Herberts Bild. Die Glasscheibe vor dem Foto wirkte aus einem bestimmten Winkel wie ein Spiegel, der das Zimmer in Ilses Rücken wiedergab. Frau Bähnert suchte auf Herberts Spiegelgesicht nach einem Unbekannten hinter sich. Nichts! Es befand sich offensichtlich keiner im Raum.

Ilse rührte sich erleichtert und stürmte zum Wäscheschrank im Schlafzimmer. Auch dort hatte der Einbrecher gesucht, und auch dort hatte er Mieder für Mieder und Stützstrumpf für Stützstrumpf wieder an Ort und Stelle gelegt. Und auch dort war ihm nicht das Versteck aufgefallen, das Ilse Bähnert jetzt öffnete. Die alten Tageszeitungen, die es tarnten, stammten aus den frühen vierziger Jahren. Auf der Titelseite der Zeitung war ein vergilbtes Schwarzweiß-Bild abgedruckt, welches ein streng gescheiteltes, schnauzbärtiges Männchen zeigte, wie es brüllend am Ständermikrofon beschwörend den rechten Arm nach vorn streckte. Unter der Zeitung befand sich ein präparierter Einlegeboden. Der wiederum schloss einen kleinen Hohlraum ab, in dem gerade genug Platz für eine DDR-Zigarrenkiste der Marke *Jägerstolz* war. Frau Bähnert zog sie behutsam hervor, öffnet sie und hob ein kaltes Eisen heraus - eine tadellos erhaltene Parabellum-Pistole, Kaliber neun Millimeter. Frau Bähnerts Puls raste. Dunkel wie ein Brikett und matt glänzend wie ein neuer Herrenschuh lag die Pistole in Ilses zierlicher Hand.

„Ist schon was anderes als eene Kuchengabel!", murmelte Frau Bähnert und drehte das mit acht Patronen voll geladene Schießeisen hin und her: „Eine Ilse Bähnert sollte man eben nich reizen. Feuer – huch ...", die Wumme mit dem langen Lauf rutsche ihr fast aus der Hand, „... frei!"

Selbst ein wenig über sich erschrocken, dachte die Witwe daran, was ihr Herbert damals gesagt hatte, als er die Parabellum-Pistole aus dem Krieg mit nach Hause geschmuggelt hatte:

„Wir werden sie hoffentlich nie brauchen, Ilse! Aber wenn eine gebraucht wird, dann haben wir sie da!"

Mit ihrem Herbert hatte sich Ilse damals furchtbar gezankt, denn wegen solcher Dummheiten waren andere aus der Nachbarschaft ins Straflager Workuta nach Sibirien gekommen und nie wieder zurückgekehrt. Doch bei den Bähnerts haben die Russen die Waffe nie gefunden.

„Wenn das mei Herbert wüsste!", flüsterte Ilse. „Aber was er nicht weiß, macht ihn nicht heiß!"

Frau Bähnert traf ihre Entscheidung schnell und ließ die Kanone flugs in der großen roten Handtasche neben dem Eierlikör verschwinden.

„Lieber die Kanone bei der Hand – als tot unterm Dach!", begann sie zu fabulieren. „Ich trotz getrost dor ganzen Welt – bewaffnet, doch als Friedensheld." Sie lachte.

Der offenkundige Einbruch in ihre Wohnung und das eigenartige Telefonat im Café Toscana hatten nach dem Mord am Morgen ihre Wirkung hinterlassen.

„Ein bisschen Schießpulver wirkt da einfach beruhigend", sagte die Witwe.

In diesem Moment klingelte jemand an Frau Bähnerts Tür. Die Frau hielt inne. Keinen Millimeter bewegte sie sich. Mit weit aufgerissenen Augen schaute sie in den Wäscheschrank, als ob dort Hilfe zu erwarten wäre.

„Die kommen! Die wolln mich holen!", flüsterte die Dame panisch. „Vielleicht sinds de Russen?"

Sie hetzte aus dem Schlafzimmer zurück in die Stube, schaute hilfesuchend zu Herbert, rannte zum Fenster und guckte hinunter zum verschneiten Wäscheplatz. Am Vogelhäuschen zankten zwei Meisen um den besten Platz am Knödel. Es klingelte wieder. Dann begann es zu klopfen. Laut. Dann noch lauter. Frau Bähnert sann kurz darüber nach, Toter Käfer zu spielen und einfach nicht zu öffnen. Dann siegte die Neugierde über die Angst. Mucksmäuschenstill schlich die Witwe auf ihren karierten Kamelhaarpantoffeln zur Tür, bückte sich ein wenig, um einem möglichen Schuss durch die Tür aus dem Weg zu gehen, und presste ihr rechtes Ohr ans Türblatt, um irgendeinen Laut zu erhaschen. Nichts. Es herrschte plötzlich absolute Ruhe. Dann ertönte eine Männerstimme. „Frau Bähnert! Ich weiß, dass sie da sind. Machen sie auf!"

In Zeitlupentempo richtete sich Ilse Bähnert auf und öffnete so langsam wie nie zuvor in ihrem Leben die Klappe des Spions. Als sie sah, wer draußen stand, entriegelte sie die Kettensicherung, drückte die Klinke und öffnete die Tür. Es war Kommissar Strietzel.

„Entschuldigen sie, dass ich schon heute komme, Frau Bähnert. Aber es ist nicht auszuschließen, dass auch sie in Gefahr sind!", sagte er, ein wenig außer Puste geraten.

„Mir so e Schreck einzujagen! Da sind sie mir etwas schuldig, Herr Kommissar. Sehn sie, ich zittre wie Espenlaub. Kommse erstma rein!", sagte Frau Bähnert und rang um Fassung.

Ihre linke Hand steckte noch immer in der Handtasche und umklammerte den geriffelten Griff der Parabellum-Pistole. Dem Kommissar wollte sie vorerst weder etwas von dem Einbruch und schon gar nichts von der Pistole erzählen. Auch das rätselhafte Telefonat im Café Toscana vom Vormittag schien ihr zu eigenartig, als dass sie davon einem anderen etwas mitteilen wollte.

„Darf ich ihnen ein Tässchen Bohnenkaffee anbieten. Oder e Eierlikör? Und e Stückel Eiorschegge hab ich ooch noch. Sie wissen ja, dass ich mich off de große Backmeisterschaft vorbereite."

„Es tut mir leid, Frau Bähnert. Aber es ist nicht auszuschließen, dass sie ihre Backkunst womöglich nicht vor anderen in der Öffentlichkeit unter Beweis stellen können!"

Ilse Bähnert war in ihre Dederonschürze geschlüpft und in die Küche gegangen, um das Wasser in einem verbeulten Pfeifkessel aufzusetzen. Sie pflegte Kaffee zu kochen, wie es ihre Mutter und die Großmutter getan hatten. Dazu stellte sie, während das Wasser heiß wurde, eine grün berankte Meissner Kaffeekanne in warmes Wasser, setzte den porzellanenen Melitta-Kaffeefilter-Halter obenauf, hob das Filternetz hinein und portionierte das Pulver feinster handgemahlener Bohnen. Zwei bis drei gehäufte Teelöffel gab sie pro Tasse, denn von Blümchenkaffee hielt Frau Bähnert nichts.

„Was meenen sie denn dadermit, ich dürfe nicht in dor Öffentlichkeit backen? Wollen Sie sagen, ich bin nicht für de Meisterschaft qualifiziert? Unsre Stadtverwaltung hat mir doch selber de Teilnahmebestätigung geschickt! Liegt in dor Stube, oben im Regal. Ich habs Schwarz off Weiß, Herr Strietzel!"

Kommissar Strietzel war der alten Dame in die Küche gefolgt, wo sie gerade damit beschäftigt war, das aromatisch duftende Kaffeepulver in das braun patinierte Dederonsieb zu löffeln.

„Mmhh, das riecht ja so gut wie früher, Frau Bähnert!"

„Ja, ist das nicht herrlich! Es ist jeden Tag aufs Neue wie eine Reise ins Land meiner Jugend: Frisch gemahlener Bohnenkaffee – fehlt nur noch eene wunderbare Bäbe, die in dor Röhre heranwächst! Ich weeß doch, wie sie immer bei uns geklingelt haben, früher, und von dem Rührkuchen kosten wollten – der kleene Manne, dor Manfredo!"

Dem Kommissar war es sichtlich unangenehm, als Frau Bähnert damit anfing, seinen Kopf zu streicheln wie einem kleinen Jungen und ihn dabei *Manne* oder *Manfredo* nannte. Schließlich war er jetzt ein gestandener Polizist, und sein Bauch und sein Bart ließen ihn beim besten Willen nicht mehr als Buben durchgehen. Außerdem hatte er der armen

Dame die wichtigste Neuigkeit bislang vorenthalten.

„Frau Bähnert, entschuldigen sie, aber ich habe keine guten Nachrichten!"

„Was ist denn nu schon wieder passiert?", wollte sie wissen.

„Das Auto von Konditor Gränzel haben wir im Wald gefunden, die Türen offen. Daneben lag sein Jagdgewehr, komplett leer geschossen. Waldspaziergänger haben uns verständigt. Ich komme gerade von da draußen. Von Gränzel keine Spur. Im Café Toscana gehen alle vom Schlimmsten aus. Wann haben sie ihn denn das letzte Mal gesehen?"

Frau Bähnert ließ den Portionierlöffel fallen, drehte sich zu Kommissar Strietzel um und blickte fassungslos in die ernsten Augen des Beamten. Selbst sein gemütlicher Schnauzbart bot ihr in diesem Moment keinen Trost mehr.

„Das klingt alles so forschdbar! Ich habe Konditor Gränzel doch heute Vormittag noch gesehen. Der hat mich in seinem Café bedient! Ganz normal! Freundlich und gut gelaunt."

„Frau Bähnert, sagen sie mir die Wahrheit: Wusste er zu diesem Zeitpunkt schon, dass sein Kollege tot ist, dass Bäcker Müller eines unnatürlichen Todes gestorben sein muss?"

„Ich habs ihm gesagt, Herr Kommissar. Sowas kann man doch nicht für sich behalten!"

„Nein, natürlich nicht! Wie hat er darauf reagiert, als sie ihm sagten, was da am Morgen geschehen ist?"

„Wie hat er reagiert? Er wollte es nicht glooben und fragte, ob ich Scherze mache. Aber darüber macht mor keene Witze. Das habe ich ihm gesagt!"

Kommissar Strietzel nickte ernst. Er bückte sich, um den Kaffeeportionierer aufzuheben. Dabei entdeckte er ein hellgrünes Blatt Papier, das auf den Küchenboden gefallen sein musste. Mit Kugelschreiber waren darauf ein Datum, eine Uhrzeit und eine Handynummer gekritzelt.

„Sie haben etwas fallen lassen, Frau Bähnert!"

„Ja, mei Kaffeelöffel, danke, dass sie ihn aufheben. Ich bin heute wirklich e bissel fahrig. Entschuldigen sie bitte!"

„Lassen sie nur. Angesichts der Ereignisse ist das selbst für mich als Kriminalkommissar kein gewöhnlicher Tag. Das können sie mir glauben. Bitteschön, ihr Löffel! Und hier, ihre Notizen."

Frau Bähnert drehte sich schweigend um, nahm den Löffel, bedankte sich, und schaute beiläufig auf das hellgrüne Blatt, bei dem sie allerdings schon auf den ersten Blick erkannte, dass es weder von ihr stammte, noch an sie gerichtet war. Es handelte sich um einen einfach gefalteten Briefpapierbogen der Größe A 5 mit dem Aufdruck einer Hoteladresse. Den Namen konnte sie nicht erkennen. Auch die Handschrift blieb auf die Schnelle unleserlich.

„Das Papier muss hier jemand verloren haben!", schoss es Ilse Bähnert durch den Kopf. „Dor Einbrecher!" Sie verzog keine Miene und ließ sich das Blatt geben.

„Ach, herrje, mein Notizzettel!", log die alte Dame. „Wo hamse denn den gefunden. Ich suche den schon seit zwei Tagen. Sie sind eben e echter Kriminalist! Vor ihnen bleibt nichts verborgen, Herr Strietzel!"

Wieder einmal war Frau Bähnerts Neugier stärker als die Vernunft. Sie wollte lieber ganz allein und ohne Mitwisser hinter das Geheimnis des Papiers kommen. Statt dem Kommissar endlich die ganze Wahrheit zu beichten, schwindelte sie lieber. Wie beiläufig steckte sie das Papier in die Tasche ihrer Kittelschürze. Der Kessel pfiff.

„So, mein lieber Herr Strietzel, nehmen sie doch Platz in dor Stube. Frische Bäbe habe ich heute leider nich. Aber sie können von meiner Eiorschegge probiern. Ich habe ein wenig rumexperimentiert!"

Der Kommissar hatte es sich inzwischen auf dem plüschigen Sofa unter Herberts Bild bequem gemacht und rief zurück in die Küche: „Experimentiert? Frau Bähnert, das haben sie doch gar nicht nötig! Wenn es etwas Vollendetes gibt, dann ist es doch ihre altbewährte Eierschecke! Dafür würde selbst ich einen Mord begehen!"

„Ze wem wolln sie gehen?“, fragte die alte Witwe.

Frau Bähnert hatte den letzten Satz des Kommissars nicht richtig verstanden und Strietzel wiederholte ihn auch nicht. Sie hantierte in der Küche, klapperte mit den Tassen.

„Es gibt verschiedene Varianten von Eiorschegge“, rief Frau Bähnert durch die offene Tür. „Ein Konditor an der Dresdner Heide hatse mit Rosinen und Zitronenschale verfeinert, in meiner Jugend in Leipzig habe ich sie auch mal mit Mandelsplittern serviert bekommen – so mache ich sie auch. Dann gibt es die sparsame Schecke – mit halbierten Zutaten. In der Lausitzer Gegend wird sie mit Mürbeteig zubereitet. Meine Mutter besaß ein Rezept für die schwere Schecke von 1898 mit sechzehn Eigelb. Ein anderer Bäcker verwendete besonders trockenen Quark – kriegte man immer einen Hustenanfall, wenn man die gegessen hat. Und in Freiberg backen die ihre Eiorschegge bekanntlich ohne Quark, weil sie den lieber für den Bau dor Stadtmauer vermehrt haben.“

Als die alte Dame mit dem Silbertablett zur Stubentür hereinkam, darauf zwei dampfende Tassen Bohnenkaffee und zwei Tellerchen mit Bähnertscher Eierschecke, erschien sie fast wie unter einem Heiligenschein, und der Kommissar verwandelte sich für Sekunden doch wieder in den kleinen Manfredo. Er blickte so feierlich wie Heiligabend unterm Tannenbaum und war hingerissen. Dann raffte er sich auf, um nicht den eigentlichen Anlass seines Besuchs bei Frau Bähnert aus den Augen zu verlieren.

„Es fällt natürlich schwer, an so einer Festtafel, zu Gast bei so einer reizenden Dame, wie sie es sind! Aber ich habe noch einige wichtige Fragen, Frau Bähnert. Denn sie können sich vorstellen, dass wir von einem Zusammenhang ausgehen, was die beiden Fälle des heutigen Tages angeht. Ein Mord und eine spurlos verschwundene Person, beide aus der gleichen Branche. Wir machen uns entsprechende Gedanken!“

„Na ja, da braucht eene wirklich nicht viel Phantasie.

Ein Bäcker, e Konditor, beide sehr erfolgreich, der eene tot, der andere weg - am gleichen Tag. Also, da könnte es schon Motive geben, Herr Kommissar."

„Ach, welche denn? Haben sie eine Vermutung?"

„Nee, ich meene das ganz allgemein. Aber man hört ja so einiges über de Nahrungsmittel-Brangsche. Hamse denn schon was über diesen Dr. Nu rausgefunden?", fragte sie.

Ihr war in diesem Moment wieder der Marmeladenschriftzug über Bäcker Müllers Leiche in Erinnerung gekommen.

„Gut, dass sie es erwähnen. Wir haben vorhin am Tatort im Wald tatsächlich nach etwas Ähnlichem gesucht!"

„Und, ham sie was entdecken können. Marmelade? Konfitüre? Pflaumenmus?"

„In der Tat! An der Windschutzscheibe von Gränzels Auto stand wieder die eigenartige Botschaft *Es grüßt Dr. Nu* – diesmal geschrieben mit Bitterer Orangenmarmelade – fast nicht zu entdecken gewesen! Dennoch muss das nicht heißen, dass es ein und derselbe Täter war. Vielleicht ein Trittbrettfahrer – die Medien berichten seit heute Morgen über unseren mysteriösen Dr. Nu. Da kommt ein Verrückter schnell auf dumme Gedanken! Aber Dr. Nu – das klingt doch schon ein wenig seltsam, finden sie nicht!"

„Da hamse recht, Herr Kommissar. *Nu* ist ein schönes Wörtchen, aber ein *Nu* mit Doktortitel, das habe ich ooch noch nie gehört. Aber sie sagten vorhin, sie müssten mich warnen, ich sei selber in Gefahr. Wie meenen sien das?"

„Nun, wir haben einen Drohanruf bekommen, eingegangen hier bei der Polizei in Dresden: Eine anonyme Person, verzerrte Stimme, unerkannte Handynummer, vielleicht der Täter, vielleicht ein Trittbrettfahrer! Die Person hat weitere Morde im Umfeld der Bäcker angekündigt – falls jemand schnüffeln sollte."

„Sie wolln doch nicht behaupten ...", brauste Frau Bähnert auf.

„... dass sie schnüffeln?", ergänzte der Kommissar. „Nun, liebe Frau Bähnert, man kann in die Menschen nicht hineinschauen."

Sie schaute böse und beleidigt. Der Kommissar versuchte die Stimmung zu retten und lobte die Eierschecke, die an diesem Nachmittag tatsächlich etwas anders schmeckte als früher.

„Was haben sie denn verändert an ihrem Rezept für die Eierschecke?“, erkundigte sich Strietzel. „Wollen sie damit an der Meisterschaft teilnehmen?“

„Wennse schnüffeln wolln – gerne, aber nicht bei mir!“, antwortete Frau Bähnert trotzig. „Ich werd ihnen doch nicht meine Kuchengeheimnisse off de Nase binden!“

Der Kommissar nickte verständnisvoll und wechselte erneut das Thema.

„Mir kam vorhin, als ich Gränzels verlassenes Auto und das Jagdgewehr sah, etwas in den Sinn. Schließlich haben wir ihn an einem Wochentag gefunden. Hätte er nicht genügend zu tun gehabt heute in seinem Café? Also warum fährt er – mir nichts, dir nichts – mit einem Jagdgewehr in den Wald?“

„Sie machen mich neugierig, Herr Kommissar!“, sagt die alte Dame und verputzte das letzte Krümelchen Eierschecke von ihrem Teller.

Sie saß in ihrem Ohrensessel, legte ihre Hände über dem Knie aufeinander und begab sich in Hörzuposition. Auch der Kommissar rückte ein wenig auf dem Sofa hin und her, um eine bequeme Haltung einzunehmen. Dann begann er mit seiner tiefen und beruhigenden Stimme einige ungewohnt beunruhigende Dinge zu sagen.

„Vielleicht haben sie es schon gehört, Frau Bähnert, im Radio oder im Fernsehen, vielleicht haben sie in der Zeitung darüber gelesen: Es gibt derzeit in der Nahrungsmittelbranche einen riesigen Verdrängungswettbewerb, der auch vor unserem schönen Sachsen nicht haltmacht. Nehmen sie ihren Lieblingsbäcker: Es gibt immer weniger Bäcker, die ohne große Bäckereikette oder ein großes Backunternehmen im Hintergrund ihre Brötchen backen und davon leben können.“

„Ach, sie meenen diese monopolkapitalistischen Kombinatskonzerne, wo de Semmel in Ohio dann genauso schmeckt wie die in Ottendorf-Okrilla und es keene Unterschiede mehr gibt zwischen dor Eierschecke aus Sachsen und der aus Sardinien?"

„Genau das, Frau Bähnert. Diese monopolkapitalistischen Kombinatskonzerne, wie sie es nennen, stellen eine unglaubliche Macht dar. Da wird mit harten Bandagen gekämpft, mit allen erdenklichen und unerdenklichen Mitteln. Es geht zwar scheinbar nur um Nahrungsmittel, um so schöne Dinge wie Butter oder Mehl oder italienische Pizza. In Wirklichkeit geht's um riesige Märkte und um die Kontrolle darüber – ein Millionengeschäft!"

„Millionen! Das ist ja mehr als ich mir vorstellen kann, Herr Kommissar. Wie viele Nullen hängen denn an so eener Million dran, zwei, drei, vier – sechs! Und sie meenen, da haben auch der Bäcker Müller und dor Konditor Gränzel mitgemischt? Das kann ich mir gar nicht vorstellen. Das sind, äh, also, das waren doch Männer von altem Schrot und Korn, eener wie der andere eene ehrliche Haut! Alte Schule, mit deutschen Tugenden! Ehrlich, zuverlässig, pünktlich – und geizig!"

„Das will ich auch gar nicht bezweifeln – was den Geiz angeht, weiß ich es natürlich nicht. Aber hinter den Kulissen geschieht eben doch mehr, als das, was der Kunde an der Bäckertheke oder im Café so mitbekommt", sagte der Kommissar.

„Und das alles ging ihnen durch den Kopf, als sie Konditor Gränzels Wagen und das leer geschossene Jagdgewehr im Wald liegen sahen!"

„Ich habe jedenfalls so meine Gedanken kreisen lassen. Frau Bähnert, achten sie auf ihre Umgebung. Wenn es so ist, wie ich eben vermutet habe, dann wäre es nicht ausgeschlossen, dass auch andere, scheinbar Unbeteiligte, ins Fadenkreuz dieser Bösewichter geraten, nur weil sie vielleicht ein wenig zu viel wissen oder wissen könnten, was denen nicht passt."

„Sie machen mir Angst, Herr Kommissar!"

„Das will ich eben gerade nicht, Frau Bähnert. Bleiben

sie ein paar Tage hier in ihrer Wohnung. Einkaufen kann ich für sie oder ein Mitarbeiter. Wir ermitteln seit heute Morgen wie die Weltmeister, auch um weitere Opfer zu vermeiden! Bis wir den Mörder haben, sollten sie jedenfalls sehr vorsichtig sein.“

„Und ihr Züglisch-Bimmler, ihr Chef, dieser windige Rheinländer, der leitet das alles, diese Ermittlungen?“

„Wenn sie Herrn Bücklich-Bömmler meinen: Sein Mittun soll uns von einem schnellen Erfolg nicht abhalten, wenn sie verstehen, was ich meine. Er hat ab morgen Urlaub – Fernreise nach Bali, Indonesien!“

„Ach, Tunesien!“

Frau Bähnert verstand wieder mal falsch, aber Kommissar Strietzel beließ es bei der feinen Anspielung auf den Leitenden Kommissar, der sich am Morgen am Tatort in der Backstube wie ein Zampano aufgeführt hatte.

„Herr Strietzel, ich vertraue ihnen“, sagte Ilse Bähnert. „Aber sie können mich nicht in meiner Wohnung arrestieren, so sehr sie auch um mein Wohl bangen. Übermorgen ist unser Kränzchen im Toscana, das hoffe ich jedenfalls! Und von einem Kränzchen könnten mich selbst die dicken Mauern von Fort Knox nicht abhalten.“

Der Kommissar schaute die fidele Witwe nun sehr ernst an, um ihr auch mit seinen Blicken die Lage noch einmal zu verdeutlichen.

„Ich fürchte, aus ihrem Kränzchen wird nichts werden. Das Café Toscana bleibt ebenso geschlossen wie die Bäckerei Müller. Anordnung der Staatsanwaltschaft!“

Frau Bähnert sank enttäuscht in ihren Ohrensessel zurück und schickte einen sächsischen Fluch an die Zimmerdecke. Nichts und niemand hatten dem Kränzchen jemals etwas anhaben können. Sogar als ihr Herbert gestorben war, hatte sie ihre Freundinnen nicht im Stich gelassen.

„Die ganze Welt müsste untergehen, das wäre der einzige Grund für eine Woche ohne Kränzchen!“ So lautete das ungeschriebene, aber oft genug ausgesprochene Gesetz der Damen.

„Nun, sie werden es schon überleben. In ein paar Tagen

werden die Tatortermittlungen gewiss beendet sein. Bis dahin: Bleiben sie vorsichtig. Sagen sie mir, was ich ihnen aus dem Konsum mitbringen soll, morgen Vormittag schaue ich wieder vorbei."

„Das klingt ja wie bei Lenins Verbannung. Gefangen im eigenen Haus! Bringen sie mir bitte eene Zehner-Packung Eier mit, Bio natürlich! Dann eine Tüte Mehl, Backpulver, Rosinen, Quark, Puderzucker, Kaffeesahne zwölf Prozent – und eene Flasche Nordhäuser, 40 Prozent!"

Sichtlich verblüfft notierte Strietzel den letzten Einkaufswunsch Frau Bähnerts und schaute sie fragend an.

„Nordhäuser Doppelkorn? Sie sind über Achtzig, Frau Bähnert!"

„Wie charmant! Der Schnaps ist fürn Eierlikör, Herr Strietzel! Mache ich doch immer selber! Und meine Vorräte gehen zur Neige. Bei der Offreschung wird mir das doch keener verdenken können, oder. Sie ooch'n Kleenen jetzt?"

„Lassen sie mal, Frau Bähnert. Im Dienst keinen Alkohol! Strikte Anweisung von Bücklich-Bömmler!"

„Nicht mal so een Waffelbecherchen Eierlikör? Der hat doch nur e paar Prozentchen. Herr Strietzel, Manfredo! An ihrn Oochen seh ich doch, dasse Appetit ham. Sone kleene Zündkerze hat noch keenem geschadet."

„Danke, sehr freundlich Frau Bähnert! Ich mache mich jetzt besser mal auf den Weg. Sperren sie die Tür hinter mir ab, und lassen sie keine fremden Männer rein!"

„Herr Strietzel, was glooben sie denn! Hier kommt doch schon lange keener mehr – und Männer schon gar nicht!"

„Passen sie jedenfalls auf sich auf. Morgen klingele ich drei Mal kurz, drei Mal lang. Dann können sie ganz unbesorgt öffnen!"

Frau Bähnert ließ den Kriminalpolizisten aus der Tür. Dann sperrte sie fest ab, schaute noch einmal durch den Spion, um sich zu vergewissern, dass Strietzel nicht etwa an der Tür blieb und lauschte. Doch er ging tatsächlich die Treppe hinunter und schaute sich nicht mehr um.

Frau Bähnert hielt es nicht mehr aus. Fast wäre sie in

der letzten halben Stunde vor Neugier geplatzt. Was war das für ein grüner Zettel – und wie kam der auf ihren Küchenboden? Sie hatte ihn so lässig in ihre Kittelschürzentasche gesteckt, wie es nur irgendwie ging. Jetzt hastete sie zu dem kleinen Schränkchen in der Stube, wo im oberen Schubfach ihre Lesebrille lag. Mit zitternder Hand hob sie die Sehhilfe auf ihre Nase, zog das Blatt aus der Tasche und las sich murmelnd vor, was da mit Kugelschreiber in krakeligen Lettern geschrieben stand:

Morgen Kasematten!
Treffpunkt um halb elf Uhr abends.
Boss will Ware.
Parole: Mehltau!

Dann folgte, ebenfalls handschriftlich, eine Handynummer. „So eene Sauklaue", schimpfte sie.

Dann betrachtete sie das Blatt noch ein bisschen genauer. Im Briefkopf war die Adresse eines Hotels in Königstein in der Sächsischen Schweiz gedruckt. Es nannte sich *Elbblick*, darunter waren die Adresse und die Telefonnummer gedruckt. Sollte sie einfach dort anrufen und im Gespräch das Wort „Mehltau" fallen lassen? Frau Bähnert grübelte, denn ihre Neugier war ungebrochen und die Warnungen des Kommissars schienen ins eine Ohr rein- und zum anderen wieder rausgeflogen zu sein. Sie setzte sich nervös in ihren Ohrensessel, den geheimnisvollen Zettel vor sich haltend und begann damit, die Festnetznummer des Hotels zu wählen. Die mit Kugelschreiber notierte Handynummer schien ihr zu gefährlich. Es tutete drei Mal lang im Hörer, dann meldete sich eine Damenstimme. Frau Bähnert erschrak und legte sofort wieder auf.

„Was mach ich hier?", fragte sich die alte Dame. „Das ist keen Einkoofszettel, den der Einbrecher hier verloren hat! Daderhinter stecken Kriminelle!"

Nach einigen Augenblicken besann sich Frau Bähnert und fasste neuen Mut. Noch einmal wählte sie die Hotelnummer, wieder war die Dame am Apparat, die ihre

Begrüßungsformel abspulte. Frau Bähnert räusperte sich, dann fragte sie, ob morgen noch etwas in den Kasematten frei wäre, für zwei Personen.

„Mein Herbert und ich, wir würden so gern bei ihnen zu Abend essen, die besinnlichen Tage stehen bevor, sie wissen ja", log die Witwe.

Ihrem Herbert zwinkerte sie unterdessen zu. Er möge es ihr nicht übelnehmen, sollte es wohl heißen. Denn oft genug schon war ihr der gute Gatte nach seinem Ableben sehr viel nützlicher gewesen als davor.

„Beim FDGB-Urlaub zum Beispiel", erinnerte sich Frau Bähnert, „da habsch eenfach meinen Herbert mit angemeldet, obwohl der schon tot war. Und dann gab's dieses herrliche Doppelzimmer mit Meeresblick – statt der kümmerlichen Einbett-Horntzsche mit Sehschlitz raus off de Flaschenannahme von dor Koofhalle."

Die Stimme am Telefon sagte, es gebe im Hotel *Elbblick* keine Kasematten, das tue ihr sehr leid. Es müsse sich um eine Verwechslung handeln.

„Aber de Königsteiner Kasematten, da schwärmte, also da schwärmt doch der Herbert immer dadervon!"

Der Hoteldame fiel nun doch noch etwas ein, was vielleicht damit gemeint sein könnte. Auf der Festung oben auf dem Königstein, da gebe es die Kasematten und auch ein gleichnamiges Restaurant. Allerdings finde da morgen eine große Veranstaltung statt. Chinesen hätten sich extra dafür im Hotel *Elbblick* eingemietet zum *International World-Food-Congress.* Ilse Bähnert nickte und versuchte das englische Wortungetüm leichtzüngig zu wiederholen, was leider völlig fehl schlug. Es klang aus ihrem Mund wie der Sprechversuch eines sturzbetrunkenen Zechers. Sie rettete sich mit einem freundlichen „Dankeschön", legte auf und lehnte sich grübelnd in ihrem Sessel zurück. Sie flüsterte laut:

„Festung Königstein! Internäschnel Fußkongress!"

KAPITEL 4

Auf der Festung Königstein

In der Nacht hatte es wieder geschneit. Die Meisen auf dem Wäscheplatz suchten noch verzweifelter als zuvor nach Körnern in den größtenteils leergeputzten Vogelhäusern. Mit aller Macht schien der Winter in diesem Jahr hereinbrechen zu wollen. Frau Bähnert stand in der Küche und füllte heißen Bohnenkaffee in ihre rot schimmernde Riffelblech-Thermoskanne, die sie auf der Frauentags-Solidaritätstombola 1978 in ihrem Betrieb gewonnen hatte.

„Die Traudel", erinnerte sich Frau Bähnert beim Kaffeeeinschenken, „hat damals bei der Tombola eene lebendige Taube zugelost bekommen. Aber die hatte ja gar keen Taubenschlag und essen wollte se die ooch nich! Da hat sie de Taube wieder zurückgegeben und eene Flasche Wermut-Ersatz *Amore* gekriegt, sone billige aus dor HO. Die macht wenigstens keen Dreck, hab ich de Traudel getröstet. Aber getrunken hatse den *Amore* trotzdem nie. Konnste ja ooch nich trinken!"

Aus dem Unterschrank zog Frau Bähnert die große Aluminiumbrotbüchse, dem einstmals täglichen Begleiter des guten Herbert, und packte sechs dick mit Sahneleberwurst und Goudakäse belegte Brotscheiben hinein. Drei Äpfel, geschält und klein geschnitten, außerdem vier hartgekochte Eier und zwei Bananen verstaute sie in ihrem kunterbunten Dederonbeutel, den sie wiederum mit dem restlichen Proviant in ihren kleinkarierten Campingbeutel packte. Eine frisch abgefüllte Flasche Eierlikör ließ sie in der Handtasche verschwinden, die durch die Parabellum-Pistole schon ein wenig ausbeulte. Hütchen auf, Schal und Mantel angelegt, das feste Wanderschuhwerk geschnürt, so machte sich Frau Bähnert am Morgen auf den Weg, einen Tag nach dem Mord an Bäcker Müller und dem mysteriösen Verschwinden von Konditor Gränzel.

Punkt neun Uhr startete die S-Bahn vom Dresdner Hauptbahnhof aus in die Sächsische Schweiz. Die Doppelstockwaggons waren fast leer. Die meisten Leute fuhren an diesem Wochentag und um diese Uhrzeit von den kleineren und größeren Orten rings um Dresden in die

Landeshauptstadt hinein. Die Witwe genoss die Beinfreiheit im Zug und machte es sich bei Kaffee und Wurst- und Käsebrot im oberen Geschoss des Waggons bequem. Aufgeweckt wie ein kleines Kind blickte sie aus dem Fenster.

„Könnte ooch mal wieder geputzt werden", sagte Ilse Bähnert vor sich hin und nahm einen kräftigen Schluck aus dem zur Kaffeetasse umfunktionierten Thermoskannenverschluss.

Draußen flitzten die Vororte im morgendlichen Licht vorbei. Dann ging es durch Heidenau und Pirna und schon wurde der Blick auf die ersten Sandsteinfelsen frei. In den warmen Monaten war Frau Bähnert oft diese Strecke gefahren, früher immer mit ihrem Herbert, um in Rathen oder in den Schrammsteinen zu wandern, später dann mit der Traudel oder mit anderen Freundinnen, um auf der Elbterrasse in Bad Schandau ein Tässchen Kaffee zu genießen. In jüngerer Zeit hatten sich die reizenden alten Damen auch ab und an ein Gläschen Prosecco gegönnt.

„Prostseggo", träumte Ilse mit wachen Augen, „der perlt so schön auf dor Zunge und am Gaumen. Und der kleene Schwips danach, ach, herrlich!" Sie wünschte, sie hätte jetzt ein Glas davon vor sich stehen.

„Die Fahrkarten bitte, junge Frau", sagte ein überraschend freundlicher Bahnschaffner und blickte dem mit Hütchen und Campingbeutel durchaus auffallenden Zuggast amüsiert in die Augen. „Zu dieser Jahreszeit wollen sie doch nicht etwa zum Wandern ins Gebirge, meine Dame?"

Frau Bähnert suchte umständlich nach dem Fahrschein.

„Verflixt, wo ist der denn – hab ihn doch am Automaten gekooft!", murmelte sie.

In der Tasche ihres dunklen Mantels wühlte Frau Bähnert so heftig, dass fast der Haken über dem Zugfenster abriss, an dem das Kleidungsstück hing. Dann durchstöberte sie die auf dem Boden abgestellte Handtasche – und fand endlich das Ticket, das tief verkramt unter der Parabellum steckte. Trotzig zeigte sie dem Schaffner das bedruckte Papier, musterte den vorwitzig lächelnden Mann und belehrte ihn in einem recht scharfen Ton.

„Junger Mann, unsre Sächsische Schweiz ist zu jeder Jahreszeit eine Reise und eine Wanderung wert! Schaunse sich mein Schuhwerk an, meinen Proviant! Wenn es nicht mutige Männer und mutige Frauen gegeben hätte, die Regen und Schnee getrotzt hätten, dann würden sie heute auf dieser Strecke noch mitn Eselskarren unterwegs sein!"

Baff ob dieses wortreichen Angriffs nickte der Schaffner erblassend und setzte seinen Kontrollgang im nächsten Wagen fort. Frau Bähnert rückte auf der Sitzbank selbstzufrieden ein wenig ans Fenster und betrachtete die vorbeiziehenden dünn beschneiten Elbwiesen und den weißgrauen Rauch, der aus den Schornsteinen der vielen kleinen Häuser emporstieg. Nach vierzig Minuten Zugfahrt hatte die eigenmächtig ermittelnde Witwe ihr Ziel, den Bahnhof Königstein, erreicht – und die Reiseverpflegung hatte sich bereits um drei Viertel verringert.

Auf dem Bahnsteig herrschte gähnende Leere. Eine einsame Saatkrähe krächzte am trüben Himmel. Flocken schmolzen auf den Schienen. Unbeeindruckt der Trübsal des Tages und des Ortes machte sich Frau Bähnert auf zur Festung. Das berühmte Bauwerk auf dem 360 Meter hohen Berg war von dem Örtchen aus in westlicher Richtung schon schemenhaft zu sehen. Dunkel, wuchtig und unheimlich schimmerte es durch den Dunst. Auf einem Wanderwegweiser waren für den Fußweg sechs Kilometer angegeben, und die rüstige Dame rechnete sich aus, dass sie es in anderthalb, vielleicht zwei Stunden schaffen könnte. An der Kirche von Königstein schlug sie den Weg zur alten Festungsstraße ein. Tapfer tippelte Frau Bähnert gegen den feuchtkalten Wind an. Sie musste aufpassen, dass sie nicht auf dem glitschigen Laub ausrutschte, das auf die Sandsteinpflasterplatten gefallen war und über dem nun eine feine Schicht nassen Schnees lag.

„Mistwetter!", fluchte die Dame leise.

In diesem Moment hupte es hinter ihr. Erschrocken

drehte sie sich um und erkannte hinter dem Lenkrad eines roten Skoda Felicia Cabriolet einen Herrn, der ihr einerseits sehr bekannt vorkam, andererseits schien es sich um eine eigenartige Kopie desjenigen zu handeln, eine durchaus vornehmere, elegantere Kopie. Der Fahrer des Oldtimers, der wegen der Novemberwitterung das dunkle Cabrio-Stoffverdeck hochgezogen hatte, drehte freudig die Scheibe herunter und sprach die Wanderin wie eine gute alte Bekannte an.

„Ich glaube es ja nicht, Frau Bähnert? Was machen sie denn um diese düstere Jahreszeit hier? Sie wollen doch nicht etwa auf die Festung Königstein?"

Die Witwe schaute einigermaßen verdutzt in das strahlende Gesicht des hellhaarigen Endfünfzigers.

„Woher kennt mich dieser Mann?", fragte sie sich. „Und woher kenne ich ihn?"

Mit einem Mal fiel es ihr wie Schuppen von den Augen.

„Mensch! Sie sind doch dor Bruder vom Zieschong!"

„Zwillingsbruder, um genau zu sein!", entgegnete der Autofahrer. „Heinz mein Name, Heinz Zieschong! Schön, dass sie sich an mich erinnern können. Ich war ja nur ein paar Mal zu Hausfesten bei meinem Bruder. Und ihre Eierschecke, das war immer ein großes Erlebnis!"

Frau Bähnert studierte mit scharfem Blick das Gesicht und stellte fest, dass es tatsächlich wie das eines Zwillingsbruders von Zieschong aussah. Nur der speckige Lederhut und die ausgewaschene blaue Schlosserjacke trug Heinz nicht, sondern dafür ein klassisches hellbraunes Tweedjackett, aus dem keck ein Tuch in der gleichen Farbe des Skoda Felicia lugte. Auf dem Kopf saß eine karierte Schiebermütze aus reinem Kaschmir.

„Alla bonnör!", dachte die Witwe. „Ein Gentleman!" Sie beugte sich zu ihm ans Autofenster.

„Sie haben sich aber raus gemacht, Herr Heinz!", staunte Frau Bähnert. „Sie schauen auch gar nicht so sauertöpfig drein wie ihr Verwandter aus Dresden! Und ihr Auto! Bomforzionös!"

„Danke, danke, Verehrteste! Was soll ich sagen: Tourismusgeschäft! Seit der Wende! Hartes Business, aber es läuft wie geschmiert bei mir!"

„Ach, hier in Königstein? Na, das gloobe ich. Ist doch eene Goldgrube!"

„Nicht immer, aber wird langsam wieder. Ich habe drei Ferienwohnungen und ein kleines Schiff auf der Elbe. Da lade ich sie gern schon mal für das Frühjahr ein! Und sie müssen wissen, meiner Esmeralda gehört meine ganze Liebe, das können sie mir glauben!"

„Esmeralda? Sie sind verheiratet?"

Frau Bähnert schaute etwas enttäuscht. Denn so einer wie Herr Heinz, das wäre doch noch was für sie. Ihr Herbert war ja schon so lange nicht mehr da.

„Nein, nein, mein Boot heißt so", erwiderte Heinz Zieschong und lachte. „Ganz kleines Fahrgastschiff, wie gesagt! Wenn das Wetter wieder besser wird, müssen sie unbedingt mal an Bord kommen!"

„Das ist aber nett von ihnen. Aber ich werd doch so leicht seekrank. Ging mir schon off dor *Fritz Heckert* so, damals draußen vor Leningrad – das ganze schöne Essen vom Kalten Büfett ... Aber de Fische ham sich gefreut. Nu ja. Wie weit isses denn noch zur Festung?"

Frau Bähnert schaute sehnsüchtig zu den Mauern und Felsen der Burganlage, die noch immer in stattlicher Entfernung über ihr im Wolkendunst eher zu erahnen als deutlich zu sehen waren.

„Entschuldigen sie, liebe Frau Bähnert, dass ich nicht selbst darauf gekommen bin. Ich fahre sie natürlich hinauf! Ich will gerade etwas hochbringen, ein Gast meiner Ferienpension hat seine Aktentasche vergessen, ist oben zur Tagung, ganz international ist das. Alle Hotels voll belegt in der Stadt und im Umland!"

Erfreut über das Angebot stieg Frau Bähnert in den Wagen ein, zog die Tür zu, erklärte dem Fahrer beiläufig, sie besteige immer im November die Festung, es sei ein altes Ritual, und dann begann sie neugierig zu fragen, was das denn für ein Kongress sei, der da oben auf dem Königstein stattfinde. Heinz Zieschong musste nicht lange überredet werden, um bereitwillig über die Veranstaltung zu plaudern.

„Es ist der International World-Food-Congress, liebe Frau Bähnert. Da geht es um die Zukunft des Essens, also um das, was sie übermorgen in unseren Supermärkten zu kaufen bekommen: Neuartige Geschmacksrichtungen von Dosensuppen, neue Eissorten mit Safran und Mango oder revolutionäre Backmischungen, von denen sie gar nicht zu träumen wagen!"

Als das Wort Backmischungen fiel, hakte die alte Dame aufgeregt ein.

„Ach, da wird ooch über Kuchen und so was gesprochen? Wissen sie mehr darüber?"

„Tut mir leid. Ich bekomme es auch nur am Rande mit. Mein Gast zum Beispiel, ein sehr einflussreicher Schweizer, Dr. Nuerlie heißt er, nach dem diese ganzen löslichen Kaffees und die Kakaopulver benannt sind – ein sehr feiner Herr!"

„Der Dr. Nuerlie wohnt bei ihnen in dor Pengsion? Wo der doch so reich sein soll! Und der macht jetzt ooch in Kuchen?", fragte Frau Bähnert neugierig.

„Herr Dr. Nuerlie, oder besser sein Konzern, macht in allem, was man essen kann – sogar Hundefutter machen die und Babynahrung!"

„Na hoffentlich verwechseln die nicht mal versehentlich die Etiketten! Dann frisst der Opitzen ihr Pinscher Babybrei, ha, dann bellt der nicht mehr, sondern schreit!"

„Nahrungsmittel sind ein Millionengeschäft, Frau Bähnert. Sagt Dr. Nuerlie. Aber ganz bescheiden ist er, trotz seines Vermögens. Trinkt seinen Bohnenkaffee schwarz und ohne Zucker. Und ein gerissener Hund ist der – und immer auf der Suche nach neuen Trends und alten Rezepten!"

„Alte Rezepte, wie meenen sien das?", wollte Frau Bähnert wissen.

„Dr. Nuerlie interessiert sich zum Beispiel für alles, was in meiner Kuchenvitrine steht: Spritzringe, Plunderstücken, Schweinsohren, Schneewittchenkuchen, Negerküsse, Berliner, Amerikaner, Bäbe, Stollen, Eierschecke. Von unserer Eierschecke kann er gar nicht genug kriegen. Er liebt das Wort! Er hat mir zweitausend Schweizer Franken geboten für das Rezept. Aber das ist von meiner Urgroßmutter, das verramsche ich natürlich nicht!", sagte Heinz Zieschong mit einem gewissen Stolz in der Stimme.

„Und wie hat Dr. Nuerlie drauf reagiert, off ihre Ablehnung! Wenn eener sone Summe bietet, dann meent der das doch offensichtlich schon ernst?"

„Herr Dr. Nuerlie hat mit seiner ruhigen schweizerischen Art gesagt, ich solle es mir überlegen. Er sei gewiss noch ein paar Tage hier, dann hat er mir einen Blankoscheck gegeben und gemeint, ich könne eine Summe eintragen, dann sehe man weiter. An der Unterschrift unter dem Scheck soll es nicht liegen. Seltsam, diese Schweizer, die ticken ganz anders als wir!"

„Denen fehlt der Zugang zum Meer –", warf Frau Bähnert trocken ein. „überall Berge, Berge, Berge, und dann das Gebimmel von den Kühen. Da musste ja verrückt wern!"

Frau Bähnert und Herr Zieschong begannen lauthals zu lachen. Der kleine rote Skoda mit dem überaus charmanten Zwillingsbruder des einstigen Wohnungsnachbars von Frau Bähnert am Steuer kam für einen Moment fast von der Festungsstraße ab. Nur weil das Tempo des Autos so langsam war, kaum schneller als Schrittgeschwindigkeit, passierte kein Unfall. Langsam zuckelte es weiter den Berg hinauf. Der Wind riss hier und da die Wolkendecke auf. Die beiden wirkten wie Mutter und Sohn beim Sonntagsausflug.

Sie waren am Fuß der Festungsmauern auf dem Busparkplatz angekommen. Der Fahrer stoppte sein Gefährt ein paar Meter vom Aufzug entfernt, stieg aus, rannte um das Auto herum, um der alten Dame aus dem Wagen zu helfen. Dann gingen sie beide zum Fahrstuhl, der die letzten Meter zum Festungsplateau überbrückte. Es warteten dort schon einige fein gekleidete Damen und Herren. Einige dunkelhäutige Anzugträger sprachen auf Englisch miteinander. Drei Chinesen hielten jeweils ein Prachtexemplar Meißner Fummel in der Hand und redeten in ihrer Landessprache lachend über die Fummel-Anekdote, wonach das zerbrechliche Ballongebäck, das halb so groß wie ein Fußball war, niemals kaputt gehen dürfe, bevor man damit Zuhause angekommen sei! Immer wieder blitzten im Gespräch der Chinesen die Worte „August del Stalke" auf und „Meißnel Wein".

„China noch weit, hoffentlich bleibt heil", sagte einer der beiden Asiaten lächelnd auf Deutsch, schaute dabei zu Frau Bähnert und zu ihrem Begleiter und hob vorsichtig die Meißner Fummel ein wenig in die Höhe: „Hoffentlich geht nicht entzwei wie Meißnel Kaffeetasse, die auf Fußboden fällt!"

Frau Bähnert freute sich über die Wertschätzung des sächsischen Backwerks und antwortete dem Chinesen in einem um Hochdeutsch bemühten Sächsisch.

„Immer schön nüchtern bleiben, meine lieben Herren. Kein Reiswein vor Peking, glauben sie mir, sonst gehen ihre Meißner Fummel zu Bruch, noch ehe sie das schöne Sachsen verlassen haben."

„Nein, keine Leiswein, velsplochen! Tlinken liebel Ladebelgel Biel, hi hi hi! Plost!"

Alle am Aufzug lachten – die Russen mit ihren geröteten Gesichtern, die Inder unter ihren Turbanen, die Amerikaner hinter ihren schwarzen Sonnenbrillen, die sie trotz Novemberwetters trugen. Auch die afrikanische Delegation lachte, obwohl sie wie die meisten anderen in der Runde weder Sächsisch noch Chinesisch verstand. Dann öffnete sich die Tür, und der Fahrstuhlbegleiter ließ die Leute einsteigen. Der Lift bot Platz wie ein geräumiges Wohnzimmer, und leise wie ein Raumschiff im Orbit surrte er durch den Felsschacht in die Höhe.

Auf dem Festungsplateau pfiff der Wind. Es war noch ein paar Grad kälter als unten, so fühlte es sich jedenfalls an, und Frau Bähnert zog den Kragen ihres Mäntelchens ein Stückchen höher, soweit es eben ging. Sie tastete nach ihrer vergoldeten Rosenblüten-Brosche am Revers, die sie von ihrer adligen Großmutter geerbt hatte und eigentlich nur aus diesem Grunde trug. Richtig gefallen wollte ihr der Ansteckschmuck nicht, aber was eine echte Adlige getragen hatte, das konnte Frau Bähnert einfach nicht in der Schatulle versteckt halten.

Der Fernblick vom Plateau aus, wiewohl Frau Bähnert ihn kannte, war atemberaubend. Die Uhr der Garnisonskirche auf dem Königsteinareal schlug zur Mittagsstunde, und der Nebel im Tal und die dicken Wolken verzogen sich mit einem Mal. Schon konnten die Besucher bis zum Pfaffenstein und auf das gesamte Elbsandsteingebirge mit seinen Tafelbergen schauen. Sie ragten wie die Kuppen riesiger Aschkuchen aus der Ebene empor.

„Darf ich ihnen behilflich sein? Wo möchten sie hin!"

Hinter Frau Bähnert und Heinz Zieschong machte sich eine zierliche Dame im dunkelblauen Hosenanzug und einem Namensschild am Kragen freundlich, aber bestimmt bemerkbar. Der Name auf dem Schild war so klein, dass ihn Frau Bähnert nicht hätte lesen können, ohne der Dame dabei mit der Nase ins Dekolletee zu fallen.

„Der Großteil der Festung ist wegen des International World-Food-Congress für die Öffentlichkeit geschlossen", sagte die zierliche Dame mit dem unleserlichen Namen. „Sie können gern einen Rundgang machen. Allerdings sind unsere Restaurants und die Museums-Räumlichkeiten den Tagungsgästen vorbehalten. Vielen Dank für ihr Verständnis!"

Heinz Zieschong erklärte der jungen Dame, er wolle diese Aktentasche abgeben, sie gehöre einem Kongressteilnehmer. Kaum hatte Zieschong den Namen Dr. Nuerlies ausgesprochen, winkte die Empfangsdame einen kleinen, drahtigen, ganz in Grau gekleideten Herren heran, der sofort die Tasche entgegennahm und mit einem stechenden Blick auf Frau Bähnert schaute, die er wiederzuerkennen schien. Der durchtrainierte Mann stellte sich militärisch kurz, aber mit deutlich hörbarem russischem

Akzent als Fjodor Malakoff vor, persönlicher Assistent des Doktors.

„Towarisch! Herr Dr. Nuerlie ganz ungeduldig, wo sie haben gesteckt?", blaffte er den verdutzten Heinz Zieschong an.

Ohne ein Dankeswort verschwand Fjodor Malakoff in einem der Gebäude, wo offenkundig gerade eine Sitzung stattfand. Frau Bähnert schaute Herrn Zieschong vielsagend an.

„Malakoff – genau wie diese Sahnetorte mit geriebenen Mandeln!", sagte die alte Dame.

„Malakoff-Torte, stimmt!", bestätigte Heinz Zieschong. „Was sie alles so wissen, Frau Bähnert, erstaunlich! Schmeckt mir aber nicht – Malakoff-Torte, genauso wenig wie dieser Fjodor Malakoff!"

Die Hostessen in ihren blauen Hosenanzügen und den Stöckelschuhen sprachen jeden Festungsbesucher, der ohne Kongressticket kam, freundlich aber unmissverständlich an, so als wäre an diesem Tag gar kein Fremder auf dem Königstein erwünscht. Frau Bähnert merkte in diesem Augenblick, dass ihr schnell etwas einfallen musste, wenn sie sich nicht verdächtig machen wollte und nicht wieder unverrichteter Dinge von der Festung verschwinden wollte. Überall auf dem ausladenden Plateau der größten Festungsanlage Europas hatten sich mittlerweile Hostessen und Wachleute postiert, um die wenigen Tagestouristen davon abzuhalten, in den streng von Wachleuten abgeschirmten Kongressbereich vorzudringen. Frau Bähnert beabsichtigte, zunächst einmal eine Runde entlang der Außenmauer zu drehen und fragte Herrn Zieschong, ob er sie nicht begleiten wolle. Doch der empfahl sich mit der Bemerkung, es gebe noch sehr viel zu tun unten in seiner Pension – und nach seiner Esmeralda müsse er auch noch schauen. Wegen des heraufziehenden Winters müsse das Schiff bald an Land gezogen und im Bootshaus untergestellt werden. Dann eilte er davon zum Aufzug und verschwand. Wenige Augenblicke später kam er unten wieder aus dem Fahrstuhl heraus, schaute noch einmal hinauf. Frau Bähnert sah ihn ameisenklein und winkte mit ihrem weißen und mit einem grünen Monogramm bestickten Damentaschentuch zu ihm herunter.

„Ach, das ist mal ein Mann! Und so ungebunden!“, seufzte Frau Bähnert still. „Aber die schönsten Männer sind immer am schnellsten wieder verschwunden.“

Die warm scheinende Mittagssonne ließ den Spaziergang auf dem Festungsgelände zu einem reizenden Ereignis werden. Die entlang der Wehranlage aufgestellten Kanonen schimmerten dunkel, und das Wetter war so aufgeklart, dass an der exponiert gelegenen Friedrichsburg, einem zweigeschossigen Lusthaus aus der Renaissancezeit mit nunmehr barocker Anmutung, die Sicht hinab zur Elbe frei wurde. Der Strom bildete in Höhe des Ortes Königstein den unteren Kringel eines riesigen gedachten Fragezeichens – der berühmte Elbbogen.

Auf der anderen Flussseite erhob sich majestätisch der 415 Meter hohe Lilienstein, zu dessen Fuß im Oktober 1756 die sächsische Armee kampflos vor Friedrichs des Großen preußischen Soldaten kapitulierte. Sachsens Kurfürst Friedrich August II., der Sohn Augusts des Starken, hatte von der Festung hilflos zusehen müssen.

„Was nützte es ihm da, dass die Festung selbst nie von Feinden erobert wurde!“, dachte Frau Bähnert und versuchte sich gerade gedanklich in die Zeit des Siebenjährigen Krieges hineinzuversetzen, als neben ihr ein kleines Grüppchen von Bauarbeitern auftauchte, die eine gewaltige historische Kanone in Position brachten.

„Na, Omilein, kleiner Spaziergang vorm Kaffeetrinken?“, fragte ein kräftig gebauter Mann mit einem zum üppigen Zopf gebundenen Rotschopf. „Machen sie nur nicht so lange. Es gibt fast jede Nacht Frost hier oben. Wenn die Sonne verschwindet, wird es bestimmt ungemütlich! Und Kaffee und Kuchen gibt's dann auch nicht mehr.“

Frau Bähnert überhörte den herablassenden Ton des Jüngeren, der für sie nichts anderes als einen langhaarigen Gammler darstellte. Sie schaute stattdessen interessiert auf das Schießwerk, das dort unweit der Friedrichsburg aufgestellt wurde.

„Sie wolln doch nicht etwa die Sächsische Kapitulation rächen? Sie zielen ja genau in Richtung Lilienstein."

Der vorwitzige Bauarbeiter mit dem Zopf hantierte mit seinen Kollegen ungerührt weiter an der wuchtigen Kanone und erklärte nebenher, worum es sich dabei handelte.

„Keine Bange, Omi! Das ist die sogenannte Faule Magd, über fünfhundert Jahre alt. Stand hier früher auf dem Königstein als Steingeschütz."

Frau Bähnert schien sich plötzlich zu erinnern. Sie hatte davon schon einmal gehört, in den achtziger Jahren war darüber in den Zeitungen berichtet worden.

„Das ist also die Faule Magd? Da kam doch extra dor bayerische Ministerpräsident, hier dor Franz-Josef Strauß, hier roff offn Königstein, um diese alte Büchse zu sehen! Ha, is aber ooch e Mordsding!"

Der langhaarige Gammler erwies sich als geschichtskundiger Fremdenführer. Er lobte Frau Bähnert für ihr gutes Gedächtnis und fuhr fort.

„Ist heute eine absolute Ausnahme, dass die hier hochkommt. Haben wir vorhin aus Dresden geholt, aus dem Militärhistorischen Museum der Bundeswehr. Alles nur wegen der Kongressteilnehmer. Einige Amerikaner wünschen sich, dass sie die Faule Magd noch einmal an historischem Ort sehen können. Sie wissen ja, das Historische interessiert die Amis, alles was älter als hundert Jahre ist, macht die schwach wie Blümchenkaffee. Morgen ist sie schon wieder weg! Also, Foto machen, Oma, kommt so schnell nicht wieder!"

Das Riesengeschütz bestand aus einem schweren, dickwandigen schmiedeeisernen Rohr für die Steinkugeln und dem teils schön verzierten Gestell, der sogenannten Lafette, mit den zwei mächtigen hölzernen Wagenrädern. Frau Bähnerts Leidenschaft für Waffen war entfacht, nicht nur weil sie selbst die kleine handliche Parabellum-Pistole in ihrer Handtasche trug. Ihr gefiel zudem der Name Faule Magd, weil der sie an eine entfernte Verwandte aus Leipzig erinnerte, die in ihrer Jugend nicht gerade eine Schönheit gewesen war.

„Hach ja, die faule Martha! Der hat nie e Mann hinterher gepfiffen, und angeguckt hatse schon gar keener, so sehr sie sich mit ihrem Warzengesicht ooch ran gemacht hat – aber erzählt hatse allen, sie sei einfach nur zu faul, einen zu suchen, de faule Martha!"

Die Bauarbeiter waren gerade dabei, die Räder der Faulen Magd zu sichern, damit sich das Geschütz nicht selbstständig machen und wegrollen konnte.

„Hier, meine Herrn – was ist denn *faul* an der Magd?", erkundigte sich Frau Bähnert, die neben dem Geschütz wie ein kleines schmächtiges Schulmädchen wirkte.

„Ja, schauen sie sich den Eisenklops doch mal an, behäbig wie ein wohlbeleibtes Weibsbild! Der Name geht auf die Steinbüchse zurück, ich glaube anno dunnemals 1410 gebaut. Das Geschützgestell stammt aus dem 16. Jahrhundert. Das Rohr: zwei Meter dreißig lang, fast anderthalb Tonnen schwer. Und dahinein würden sie wahrscheinlich sogar passen, schlank wie sie sind!"

„Also bitte, wennse mir auf diese Weise sagen wollen, dass ich noch immer een ganz schönes Geschoss bin, das hab ich schon charmanter gehört! Einen schönen Tag noch, die Herren."

Der Bauarbeitertrupp lachte, und Frau Bähnert setzte ihre Runde um die Festung fort. Als sie wieder am Fahrstuhl neben dem Kranichplateau angekommen war, bemerkte sie, dass die Hosenanzugträgerinnen verschwunden waren. Diesen Augenblick nutzte die Witwe, um sich in den Restaurantbereich zu schleichen, der in den alten Kasernenkasematten untergebracht war. Ohne nach links oder rechts zu schauen, flitzte sie über die menschenleeren Gänge zur modern ausgebauten Damentoilette, wo sie sich kurzerhand einsperrte. „Geschafft", dachte Frau Bähnert, die es sich in dem engen Versteck leidlich gemütlich machte.

Mit einem Magenknurren meldete sich der Hunger zurück. Ihre Marschverpflegung war auf einen Apfel geschrumpft. Die Thermoskanne – leer, die Brotbüchse – ohne Inhalt. Nur den Eierlikör hatte Frau Bähnert noch nicht angerührt. Sie schaute auf ihre Frauenkirchenarmbanduhr, die sie von der Traudel zum 80. Geburtstag bekommen hatte, und stellte fest, dass es nicht zu früh war für einen ordentlichen Schluck aus der Flasche. Es dauerte nicht lange und der Alkohol wie auch die Anstrengungen des Tages forderten ihren Preis. Frau Bähnert schlummerte ein, eingesperrt auf der Damentoilette hoch oben auf der Festung Königstein.

KAPITEL 5

Die Nacht des Lauschens

„Haben sie Dokumente bei sich“, flüsterte eine Stimme in gebrochenem Deutsch. „Hallo, hören sie mich? Sie kennen Parole?“

Das Flüstern kam aus der Nebenkabine des Damenklos. Frau Bähnert wurde davon wach. Außerdem ging gerade ein Kanonendonnern über die Festung hinweg, das in einem dumpfen Grollen ausklang. Schlaftrunken schaute sie sich um, und es dauerte einige Augenblicke, bis sie sich orientieren konnte. Sie sah die Toilettentür, die Fliesen, das Neonlicht über sich. Die zu drei Vierteln leere Flasche hielt sie noch zwischen den Fingern. Ein Wunder, dass ihr der Eierlikör nicht aus der Hand gerutscht war. Das zischelnde Flüstern begann wieder.

„Da ist doch jemand“, sagte die Stimme. „Nennen sie Parole!“

Frau Bähnert riss die Augen auf.

„Hatte da gerade jemand eine Parole verlangt?“, fragte sie sich. Stand nicht auf dem geheimnisvollen Briefpapier, das sie in ihrer Wohnung mit Hilfe des ahnungslosen Kommissar Strietzels gefunden hatte, etwas von einer Parole? Wegen des Briefpapiers war sie hier. Jetzt schien sie einer Lösung näher denn je. Ihr fiel die Parole sofort ein, und sie wollte das Wort gerade leise in Richtung der Nachbarkabine weitergeben, da öffnete noch jemand die Tür zu den Toilettenräumen. Klackernd tippelte eine Dame über die Bodenfliesen, drückte die Klinke zur Kabine links neben Frau Bähnert herunter, sperrte die Tür hinter sich ab und begann damit, eine Nummer in ein Handy einzutippen. Es piepste bei jeder Zahl. Wenige Sekunden später ertönte in der Kabine rechts neben Frau Bähnert die russische Nationalhymne als Klingelton.

„Psst. Ich bin doch hier. Schalten sie Handy ab!“, sagte die Flüsterstimme, die ohrenscheinlich von einem Mann stammen musste. „Sagen sie endlich Parole!“

Frau Bähnert saß in der Mitte der beiden eigenartigen Toilettengäste und machte sich so klein als es irgendwie zu bewerkstelligen war. Ihre Beine hatte sie auf den geschlossenen Klositz hoch gezogen, ihre Arme schlang sie um die Knie. Um noch genügend Luft zu bekommen, reckte sie ihren Kopf mit der Nasenspitze nach oben und versuchte lautlos zu atmen.

„Parole Mehltau", sagt die Dame links. Ihre leise Stimme klang aufgeregt. Sie zog offenbar ein Bündel von Papieren aus einer Tasche. Es raschelte. „Ich habe die Unterlagen dabei, die sie bestellt haben!"

Frau Bähnert spitzte die Ohren wie ein Luchs. Sie versuchte ihre Lauschposition noch zu verbessern und rückte einige Millimeter zur Seite, wobei sie ins Schwanken geriet und kurzzeitig das Gleichgewicht verlor. Mit dem rechten Arm stützte sie ich an der Wand ab. Dann klirrte es wie weiland bei der Altstoffannahmestelle, und ihre Eierlikörflasche zerschellte auf dem harten Fliesenboden. Es begann sofort nach einem vergnüglichen Damenabend zu riechen.

„Ist hier noch jemand", fragte die Flüsterstimme.

„Da sitzt jemand zwischen uns", entgegnete die aufgeregte Frau mit dem raschelnden Papierbündel.

Für eine Sekunde erstarrte Frau Bähnert auf ihrem Sitz zur Salzsäule. Sie überlegte, das Blut schoss ihr in den Kopf.

„Was mache ich jetzt bloß? Ich sitz in dor Falle!"

Dann, mit einem Mal, kam ihr der rettende Einfall. Frau Bähnert holte Luft, presste sie aus ihrem Mundraum in den Magen hinein und – rülpste! Und noch einmal, etwas lauter als beim ersten Mal! Dann begann sie lallend und mit tieferer Stimme eine Entschuldigung zu murmeln.

„Tlinken elst Ladebelgel, dann tlinken Eielliköl! Leckel! Hicks!"

In den Kabinen links und rechts neben Frau Bähnert stöhnten die beiden Unbekannten auf. Es klang wie ein erleichtertes *Gott sei Dank!*

„Diese armen Chinesen!", sagte die männliche Flüsterstimme. „Nix vertragen, aber wollen saufen wie die Russen!"

„Und dann verwechseln sie noch die Herren- mit der

Damentoilette!", erboste sich die aufgeregte Dame.

Frau Bähnert nahm mit einem zufriedenen Nicken zur Kenntnis, dass ihr Trick geklappt hatte. Sie klapperte mit der Klopapierhalterung und ahmte ein erst zaghaftes, dann kräftiger anschwellendes Schnarchen nach, so wie sie es Hunderte Male von ihrem Herbert hatte erdulden müssen, wenn er nach einem löschreichen Feuerwehreinsatz die Matratze im gemeinsamen Ehebett gefunden hatte.

„Gehen sie jetzt, junge Frau. Wir besser draußen reden weiter, auch wenn es nur betrunkener Chinese ist", flüsterte die Stimme rechts neben Frau Bähnert, der jetzt überdeutlich der russische Akzent auffiel.

„Treffpunkt Mitternacht an kleinem Burgpavillon vorn an Festungsmauer. Bringen sie Unterlagen mit."

Die flüsternde Person mit dem russischen Zungenschlag entriegelte die Kabinentür, zog die Spülung und verließ die Toilettenräume.

„Wäscht sich niche ma de Pfoten", dachte Frau Bähnert, während sie ohne Pause weiter schnarchte. „Wie mein Herbert!"

Kurz darauf sperrte auch die aufgeregte junge Dame neben ihr die Kabine auf und verschwand von dem Ort dieses geheimnisvollen Rendezvous, nachdem sie sich die Hände abgespült und am Heißluftföhn getrocknet hatte. Kaum waren die beiden Unbekannten weg, fiel Frau Bähnert aus ihrer verkrampften Sitzhaltung wie ein losgelassenes Bündel Mikadostäbchen. Sie schüttelte Arme und Beine, um sie aufzulockern. Alle Gliedmaßen waren ihr eingeschlafen. Der Schweiß stand ihr auf der Stirn. Unter den Schuhen klebte der Eierlikör. Sie war in einer unmöglichen Lage, indes schien ihre Abenteuerlust ungebrochen, und der offenbar einige Stunden währende Schlaf in der Toilettenkabine hatte sie erfrischt, trotz der unkomfortablen Haltung, die sie dabei hatte einnehmen müssen. Frau Bähnert blickte auf ihre Armbanduhr. Es war noch genau eine Stunde bis zum angekündigten Treffen draußen an der Festungsmauer. Keinesfalls wollte sie sich diese Gelegenheit entgehen lassen.

Mit der linken Hand suchte sie ihre Handtasche ab und atmete erleichtert auf, als sie das kühle Metall der Parabellum spürte.

„Ein gutes Gefühl!“, dachte Frau Bähnert. „Wenn eine ältere Dame keinen Eierlikör mehr hat, dann sollte sie wenigstens hinreichend bewaffnet sein. Oder wie der Lateiner sagt: *Si vis Pacem, para Bellum* – Wenn Du Frieden willst, so rüste zum Krieg.“

Ebenso unbemerkt wie sie in das Restaurant der Festung gelangt war, so unauffällig verließ sie es nun wieder. An einigen Tischen des Lokals saßen heftig angeheiterte Kongressteilnehmer, die glücklicherweise keine Notiz von ihr nahmen. Das chinesische Grüppchen hatte die Köpfe auf die blütenweißen Tischtücher gebettet und war zufrieden eingeschlafen, umringt von einigen halbvollen Biergläsern. Die Meissner Fummel lagen zerbrochen über den Tisch verstreut.

Vom noch recht ordentlich gefüllten kalten Büffet, das in einer abseitigen Ecke des Restaurants aufgebaut war, schnappte sich die Witwe beim Hinausschleichen einige Happen, darunter zwei gebratene Wachteln mit Trüffelfüllung, drei kleine runde französische Hartkäse, einige Scheiben Weißbrot und eine Flasche Burgunder, die geöffnet, aber randvoll auf einem der Tische stehengeblieben war. „Erstaunlich, was eine klassische Damenhandtasche alles fassen kann“, ging es Frau Bähnert durch den Kopf. Ihren leeren Campingbeutel hatte sie in der Damentoilette liegen gelassen, um Ballast loszuwerden, falls eine Flucht notwendig würde.

Sie trat hinaus aufs Festungsgelände und blickte hinauf in einen sternenklaren Nachthimmel. Die empfindliche Kühle ließ die alte Dame kurz erzittern, dann atmete sie dreimal tief durch und lief in der Deckung einiger alter, hoher Bäume, vorbei an Hauptwache, altem Proviantmagazin und Garnisonskirche, zum anderen Ende der Anlage. Dort kam ihr das wolkenlose Firmament durchaus zupass. Ein abnehmender Mond spendete gerade so viel Licht, dass die Fläche vor der Friedrichsburg in ausreichendem

Maße ausgeleuchtet war. Diesen Pavillon musste der Russe vorhin gemeint haben, als er seinen gewünschten Treffpunkt an die aufgeregte junge Dame befahl, hoffte Frau Bähnert. Aus der Deckung heraus, keine zehn Meter von dem zweigeschossigen historischen Bauwerk entfernt, richtete sie ihren Spähposten ein. Der breite Stumpf einer alten Eiche bot einen Sitzplatz. Gegen die Kälte nahm sie einen Zug aus der Burgunderflasche. Ein Käuzchen rief, und in die Rufe mischte sich Hundebellen, das immer lauter zu werden schien. Dann hörte Frau Bähnert Stimmen.

„Du gehst über den Kiesweg! Ich suche die Mauer ab", rief ein Mann.

„Die Wache vorn am Restaurant sagt, es war vermutlich eine sehr kleine Frau, die sie da auf dem Monitor gesehen haben!", entgegnete der andere.

„Kann ja nicht vom Erdboden verschluckt worden sein."

„Außer sie ist gesprungen. Einen anderen unbemerkten Ausweg gibt es nicht in dieser Nacht."

Das Kläffen des Hundes wurde lauter. Unter schweren Stiefelschritten knirschten Kieselsteine, und durch die Bäume schwenkten die grellen Lichtkegel der Halogen-Taschenlampen hin und her. Frau Bähnert suchte nervös nach einem Fluchtpunkt. Sie überlegte, ob sie es noch bis zur Friedrichsburg schaffen könnte, dem Pavillon am Festungsrand, wo eine große Holztür die Vermutung gestattete, sie könnte vielleicht geöffnet sein. Mit der Weinflasche in der Rechten, flitzte die alte Dame dorthin, drückte hastig die Eisenklinke herunter. Die Tür ruckte keinen einzigen Zentimeter. Zugesperrt! Eilig rannte Frau Bähnert weiter zur Festungsmauer und blickte sich ratlos um.

Ein Gutteil der achteckigen Friedrichsburg, einstmals Beobachtungsturm und Waffenlager, war über die Mauerbegrenzung hinaus auf einem Felssporn gebaut. Senkrecht fielen die Außenwände in die rabenschwarze Tiefe. Ein schmaler Sims um den Burgpavillon bot den letzten Halt für einen mutigen Kletterer. Doch Frau Bähnert kannte allzu gut die Geschichte von dem Pagen, der in der Zeit des Großvaters von August dem Starken im Rausch auf diesen Sims geklettert war, seelenruhig geschlummert hatte und am nächsten Morgen zur Erheiterung des Hofstaats mit Pauken und Trompeten geweckt worden war. Vorher hatte man den armen Teufel mit Sicherungsseilen festgebunden, sonst wäre er vor Schreck abgestürzt. Seither hieß das schmale Felsband Pagenbett.

„So will ich nicht von den Wachen gestellt werden!“, murmelte die alte Dame und musterte die Umgebung nach einem Schlupfloch. „Was solln denn de Leute denken!“

Sie griff in die Handtasche und zog entschlossen die Parabellum-Pistole hervor, um für einen Ernstfall und eine Kampfhandlung auf Augenhöhe gerüstet zu sein.

„Guck mal, hier war jemand“, rief einer der Wachmänner in die Dunkelheit.

„Ein Taschentusch mit Stickereien auf dem Baumstumpf. Riecht nach Alkohol und ist klebrig!“

„Sie muss hier irgendwo ganz in der Nähe sein! Such, Rex, such!“, forderte der andere Uniformmann seinen ausgewachsenen Deutschen Schäferhund auf und führte ihn zwecks Geruchsprobe an dem Baumstamm mit den Eierlikörspuren vorüber.

Rückwärts laufend, in Richtung der Verfolger schauend, tappte Frau Bähnert ins Dunkel des Festungsgeländes. Sie sah die beiden bulligen und blassen Quadratschädel im fahlen Mondlicht leuchten. Beide trugen dicke hölzerne Schlagstöcke am Gürtel und Pistolenhalfter. Ein Kennenlernen erschien ihr unangebracht. Sie entsicherte die Parabellum und zielte damit in den unschuldigen Himmel über Sachsen, den Finger am Abzug, bereit, den Lauf sofort herunterzuziehen und auf eines der bedrohlichen Gegenüber zu richten.

„Aua!“, entfuhr es ihr leise. „Mein Kopf!“

Sie war beim Rückwärtslaufen gegen ein großes und hartes Hindernis gestoßen. Als sie sich umdrehte, sah sie die Faule Magd. Sie stand genau an der Stelle, an der sie die Bauarbeiter am Mittag aufgebaut hatten.

Aus dem Kanonenrohr roch es nach Schwefel und Pulverdampf. Der Kanonendonner am Abend musste von dem historischen Geschütz ausgegangen sein. Jetzt stand die monströse mittelalterliche Waffe mutterseelenallein im Dunkeln. Frau Bähnert schaute genau in die Öffnung des Rohres, und sie erinnerte sich an die Worte des vorlauten Arbeiters mit den langen Haaren: Da passen sie hinein, schlank wie sie sind! hatte er gewitzelt.

„Das isses!", dachte die alte Dame. „Da finden die mich nie!"

Sie umrundete die Lafette, hob das Hinterteil der eisernen Kanone an und drückte die Öffnung auf der anderen Seite zu Boden, was mittels der Masseverteilung überraschend leicht von der Hand ging, fast so wie bei einer Kinderwippe. Dann eilte sie zurück zur extrabreiten Rohrmündung und stieg, sich mit den Händen vom Sandboden abstützend, in den finsteren Zylinder ein, die Füße zuerst. Zuletzt zog sie die Handtasche mit dem Proviant nach und die Parabellum-Pistole. Lautlos schloss sie die blecherne Regenschutzkappe über der Öffnung. Dann wippte sie durch energisches Ruckeln die Kanone wieder in die Feuerposition mit der Mündung gen Himmel. Luft kam genügend durch die Ritzen der Regenklappe herein. Nur der Pulvergestank war unerträglich und überdeckte jegliche andere Duftnote. Die Rosenblütenbrosche piekste auf ihre Brust. Doch Frau Bähnert verzog keine Miene. Neben der Kanone bellte Rex, der Schäferhund.

„Hast du was gesehen? Der Hund ist unruhig, aber es gibt keine Spur von ihr!", sagte der eine bullige Quadratschädel zum anderen.

„Ich habe die Mauer abgesucht! Da war ein Schatten auf dem Sims, aber das muss eine Katze gewesen sein! Oder der Geist dieses betrunkenen Pagen. So verrückt kann niemand sein, dort runtersteigen zu wollen!"

„Und selbst wenn: Dann muss sie heute Nacht keiner mehr suchen! Wer da hinabgeht, überlebt das nicht. Sage das dem Russen!"

„Hoffentlich glaubt er es! Er wollte sie unbedingt, egal wie, hat er gesagt! Was sucht denn dein Rex an der Kanone?"

Der Hund schnüffelte eifrig an einem der großen Wagenräder herum, bellte kurz auf, dann hob er das Bein und markierte die Stelle. Er schien Gefallen an dem Ort zu finden, denn direkt unter der Mündung des Geschützrohrs verrichtete er sein großes Tagesgeschäft und entleerte sich vollends. Frau Bähnert hörte auf, durch die Nase zu atmen.

„Ich weiß nicht, was er hat", bemerkte der Hundewachmann. „Manchmal reagiert er einfach so. Bescheuertes Vieh. Komm Rex! Weg da! Pfui!"

Die Wachleute leuchteten über die Faule Magd, konnten aber beim besten Willen nichts Auffälliges erkennen. Sie stand genauso da, wie noch vor einer Weile, als die Aufpasser ihre vorgeschriebene Kontrollrunde abgelaufen waren. Der eine Quadratschädel pochte mit seinem wuchtigen Schlagstock gegen das Rohr. Es klirrte dumpf. Frau Bähnert zuckte kurz zusammen. Der Hund bellte auf und schwieg. Damit beendeten die Wachen ihre Suchaktion und trotteten zurück zu den Unterkünften der Festungsanlage. Die Uhr der Garnisonskirche schlug zwölf Mal – Mitternacht.

Aus der Handtasche, die vor ihr im Rohr lag, zog Ilse Bähnert einen der französischen Hartkäse und knabberte ein wenig daran herum. Er schmeckte würzig und ließ sie die missliche Lage vorübergehend vergessen. Als die Schritte der Wachleute verklungen waren, traute sie sich sogar, die Blechhaube an der Mündung des Kanonenrohrs zu öffnen.

„Ja, wer sagts denn! De Luft is reene", flüsterte Frau Bähnert.

Aus der Dunkelheit, in der die Faule Magd stand, ließ sich der Platz vor der Friedrichsburg mit ihrer barocken Freitreppe ganz ausgezeichnet einsehen. Endlich würde sie die beiden Geheimniskrämer aus der Damentoilette deutlich zu Gesicht bekommen. Zwei Minuten nach Mitternacht hörte sie jemanden nahen. Es musste der Russe aus der Toilette sein, denn zu hören waren schwere Männerschritte. Er schien direkt neben der Kanone Halt zu machen. Dann klickte ein Feuerzeug, und ganz still knisterte eine brennende Zigarette. In den Pulverdampf mischte sich jetzt ein ungewöhnlich stinkender Tabakqualm.

„Die armen Russen", dachte Frau Bähnert. „Roochen immer noch Machorka!"

Sie musste in ihrem engen Versteck wegen des höllisch riechenden „Stalinhäcksels" einen aufkommenden Übelkeitsanfall wegschlucken.

„Hierher! Hier bin ich. Nicht ins Licht. Kommen sie, sehen sie Feuerzeug?"

Der leise rufende Russe knipste mit dem Zündstein das Licht noch einmal an.

Dann hörte Frau Bähnert, wie sich die aufgeregte junge Dame zarten Schrittes näherte. Die beiden Fremden stellten sich genau neben die Faule Magd. Hören konnte die Witwe nun ohne Abstriche. Allerdings ließ sich von dieser Position aus absolut niemand erkennen, denn an der Seite besaß eine Kanone selbstverständlich keine Öffnungen. Umso konzentrierter lauschte Frau Bähnert dem folgenden Dialog.

„Hat irgendjemand Verdacht geschöpft?", fragte der Russe.

„Um ehrlich zu sein, der Mord und das Verschwinden des Konditors haben ziemlich viel Aufsehen erregt", antwortete die nervöse Frau, die weiterhin einen äußerst angespannten Eindruck hinterließ.

„Und was ist mit alte Frau aus Dresden? Sie haben mir ältestes Rezept versprochen, für Kuchen, für Eierschecke! Ich habe Babuschka heute hier auf Festung gesehen, kurz vor dem Mittag! Was will sie hier?"

„Ach, sie meinen die alte Bähnerten! Ich weiß nicht, was die hier will! Ich glaube nicht, dass sie eine Ahnung hat! Sie ist eine Nervensäge, ja, das stimmt, aber sonst gehörig senil. Ich habe ihre Wohnung nach diesem Rezeptbuch ihrer Großmutter durchsucht, von dem sie immer geschwärmt hat: nichts! Nur ein Räuchermännchen habe ich hinter ihrer Heizung entdeckt. Da brauchen wir keine Befürchtungen haben! Das mit dem sagenhaften Rezeptbuch hat sie sich wahrscheinlich nur ausgedacht."

Frau Bähnert musste sich ziemlich zusammennehmen, als sie das hörte. Am liebsten wäre sie aus der Faulen Magd herausgesprungen, direkt an die Gurgel dieses ungezogenen Weibs.

„Aber woher kennt die mich?", fragte sich Frau Bähnert in Gedanken. „Und das Rezeptbuch – woher weeßn die das alles?"

Die alte Dame begann zu grübeln, woher sie die Stimme kennen könnte, aber es wollte ihr einfach nicht einfallen. Von der alten Rezeptsammlung ihrer Großmutter hatte Ilse Bähnert an zu vielen Orten gegenüber zu vielen Leuten gesprochen. Das hatte sie nun von ihrer Redseligkeit! Der Russe und die nervöse junge Dame unterhielten sich inzwischen weiter. Das Gespräch drehte sich offenbar um ein finsteres Geschäft.

„Geben sie mir die Aufzeichnungen", forderte der Russe.

Die nervöse Dame raschelte mit dem Papier und trat einige Schritte näher an den Mann heran. Es musste sich aufgrund der vernehmbaren Laute um einen dicken Stapel handeln.

„Und wenn sie alle diese Originalrezepte zusammen haben und alle Unterschriften und Vertragskontrakte", fragte die Nervöse, „was machen sie dann damit?"

„Franken machen wir damit und Euro und Dollar! Aber geht sie nichts an! Dafür bekommen sie Geld! Fünftausend, wie abgemacht! Und dann – nichts hören, nichts sehen, nichts sagen."

„Fünftausend? Es war mal von Zehntausend die Rede!", sagte die Dame.

„Zehntausend für alle Rezepte, basta! Mein Boss ist Sammler und Geschäftsmann, legt Wert auf Vollständigkeit. Wenn sie Rezeptbuch dieser alten Dame nicht haben – dann kriegen sie auch nicht Zehntausend! Karascho?"

„Nix karascho, aber geben sie die Fünftausend schon her!“

„Sehen sie einmal, Fräulein Mandy, das ist ganze Menge Bares für eine so junge Verkäuferin wie sie es sind!“

„Oh, der Herr Fjodor sorgt sich um mich!“, warf die Dame spöttelnd zurück und fragte dann noch einmal in ernstem Ton nach, als sie den Umschlag mit dem Geld im Jackett ihres Hosenanzugs verstaut hatte und mit der Hand fest an sich drückte. „Warum ist ihnen das alles so viel wert, die Abnahme-Verträge mit den Bäckereien, die alten Rezepturen?“

„Hören sie, Fräulein Mandy, es ist kalt, lassen sie uns gehen. Aber ich will ihnen etwas verraten: Mit Backmischungen lassen sich Millionen machen. Da geht es um riesige Märkte. Europa, Amerika, Asien. Das ist wie Eroberungskrieg! Alte originale Rezepte wirken auf unsere Kunden magisch. In Amerika lieben viele den Kuchen aus altem Europa, auch in Asien!“

„Und die deutschen Bäcker sind die feindliche Armee, deren Territorium es zu erobern gilt?“

„Kleiner, winziger Teil der Armee! Sagen wir: Es sind Soldaten, die Schätze hüten, an die wir heran wollen. In Italien sind es die Pizzabäckerfamilien, in Frankreich die Winzer und die Käsemacher, in der Schweiz die Schokolatiers – und in Sachsen eben die Kuchenbäcker.“

„Alles verzichtbare Soldaten!“

Der Russe machte ein verblüfftes Gesicht. Er schien zu bemerken, worauf das Fräulein hinaus wollte.

„Nein, nein, Fräulein Mandy! Mit ihren toten und verschwundenen Bäckern in Dresden haben wir nix zu tun! Oder haben wir verlangt, dass sie Bäcker umbringen, als sie Rezepte besorgen sollten? Sehen sie! Wir üben vielleicht kleines bisschen Druck aus, ja. Bisschen Angst kann nicht schaden! Aber Mord? Mein Boss ist Schweizer, nicht Russe wie ich – er legt Wert auf Gewaltlosigkeit. Tui panimajesch?“

„Ja, ich verstehe“, sagte die aufgeregte junge Dame.

Frau Bähnert, die ihr rechtes Ohr direkt an die eiserne

Kanonenrohrwand gepresst hatte, wurde heiß und kalt. Keinen Meter neben ihr unterhielten sich zwei Leute, die offenbar einiges mehr wussten über Bäcker Müller und über das mysteriöse Verschwinden von Konditor Gränzel im Wald.

„Vielleicht haben der Schweizer oder der Russe die Morde doch in Auftrag gegeben", überlegte Frau Bähnert. „Dem Russen gloobe ich sowieso kee Wort. Glaube keinem Russen! hat schon der Herbert immer gesagt, als sie in der DDR die Rinder in offenen Ställen überwintern lassen wollten. Rinderoffenstall! Weil es der Russe gesagt hat! Und dann? Erfroren sind sie im Winter, reihenweise – diese Rindviecher!"

Gern hätte Frau Bähnert auch mal eine Frage gestellt an den Russen neben dem Kanonenrohr. Aber sie biss sich auf die Zunge und machte keinen Mucks.

„Wennde hier erwischt wirst, biste mode", vermutete sie.

Doch eine der Fragen, die Frau Bähnert so auf den Nägeln brannten, stellte nun die nervöse Dame, das Fräulein Mandy.

„Und wer, wenn ich fragen darf, ist dann Dr. Nu?"

„Dr. Nu? Kenne ich nicht! Ich habe davon in Zeitung gelesen, dass es Kürzel gab, in Backstube, bei totem Bäcker – und bei verschwundenem Konditor!"

„Es ist nicht zufällig ihr Boss, Doktor Nuerlie?"

„Hören sie mal, meine Dame, ich habe ihnen gesagt: Nicht unser Stil! Sie haben das Geld und jetzt lernen sie das Schweigen und das Vergessen. Ich bringe sie zum Aufzug, Chauffeur fährt sie zurück nach Dresden."

Die beiden Komplizen verschwanden in der Dunkelheit des Festungswäldchens. Frau Bähnert öffnete eilig die Regenklappe des Kanonenrohrs. Sie brauchte dringend frische Luft. Als sie sich mit einem kräftigen Ruck herausziehen wollte, riss die goldene Rosenblattbrosche vom Mantel ab und fiel in den weichen Hundehaufen, den Rex als Hinterlassenschaft unter das Kanonenrohr gesetzt hatte.

„Das gute Erbstück!“, dachte Frau Bähnert. „Aber was solls – wieder e Staubfänger weniger. War sowieso een grässliches Ding.“

Sie wollte gerade aus dem Rohr herauskrabbeln, als sich die Wachleute wieder näherten. Der Hund hechelte. Frau Bähnert kroch zurück und klappte den Deckel des Geschützes geräuschlos zu. Das Käuzchen meldete sich aus der Ferne – und eine Schrecksekunde später senkte sich Stille über das Areal. Die Wachmänner nahmen eine andere Runde und bogen zwanzig Schritte vor der Kanone auf einen schmalen Weg ein. Auch Rex, der Hund, wollte nicht mehr an den Ort seiner Untat zurück. Die Gefahr war vorbei. Doch die alte Dame hatte der Mut verlassen. In ihrem Kopf schwirrten und flirrten die Gedanken wie Motten neben einer Gaslaterne. Worte und Begriffe tauchten auf und kreisten umher. „Fräulein Mandy ...Wohnung durchsucht ...Originalrezepte ... Millionengeschäft ... Doktor Nu ... Doktor Nuerlie ...“ Sie merkte nicht, wie lange sie so, eingezwängt in die Faule Magd, einem klaren Gedanken hinterherjagte. Als die Festungsuhr der Garnisonskirche mit ihren Glockenschlägen drei Uhr vermeldete, schnarchte es laut aus der Kanone. Diesmal war es das echte Bähnertsche Schnarchen, zart und melodiös. Erschöpft war die Witwe in ihrem eisernen Versteck eingeschlafen.

Im Laufe dieser Spätherbstnacht stiegen die Temperaturen überraschend an, auf milde zwölf Grad. Der Wind hatte Wolken herbei getrieben, die nun den Sternhimmel verdeckten und für leidliche Wärme sorgten. Wie ein Murmeltier schlummerte die Witwe hoch oben auf dem Königstein, bis zum Morgengrauen. Dann erwachte Frau Bähnert unsanft. Es rüttelte und schüttelte sie.

„E Erdbeben!“, dachte sie panisch.

Doch als sie sich ihre Situation Stück für Stück wieder vor Augen führte, wusste sie, was gerade vor sich ging. Die Faule Magd wurde von der Festung Königstein wieder abtransportiert. Gerade holperte das Geschütz über die Feldsteinstraße durchs Festungstor, entlang unter dem Medusenhaupt und dem königlich-polnischen und sächsisch-kurfürstlichen Wappen hindurch, was Ilse Bähnert freilich nur erahnen konnte. Sie kniff die Augen zusammen und harrte der Dinge. Plötzlich stoppte das Gefährt einige Meter unterhalb des Fußes der Festungsmauern. Die Kanone nieste laut.

„Hast du das eben gehört?", fragte der langhaarige Arbeiter mit dem roten Zopf.

„Was habe ich gehört? Hast du was gesagt?", entgegnete sein Kollege.

„Das Niesen, das kam aus der Kanone. Mach mal die Regenklappe an der Mündung ab!"

Als die beiden Männer in das Geschützrohr schauten, trauten sie ihren Sinnen nicht. Ihnen blickten zwei leuchtende dunkle Augen entgegen. Aus dem rußigen Nichts ertönte dumpf hallend Frau Bähnerts Stimme.

„Nu holt mich schon raus! Oder soll ich hier drin überwintern?"

Der vorlaute Langhaarige zog die zierliche Witwe aus der Faulen Magd und grinste breit.

„Da haben sie wohl ein besonders preiswertes Zimmer gefunden auf der Festung?"

Frau Bähnert ließ die Anzüglichkeiten an sich abperlen, drückte ihr Kreuz durch und putzte sich den Kanonenpulverstaub von der Kleidung. Die leere Weinflasche übergab sie ihren Befreiern. „Das Pfandgeld ist für sie, aber nicht alles auf einmal ausgeben", sagte sie.

Verdutzt schauten die beiden kräftigen Kerle auf die feingliedrige Person, die nun auf dem Absatz kehrt machte und den Weg hinab in Richtung der Stadt Königstein lief. Käse, Rotwein und ein fester Schlaf hatten bei der hoch betagten Dame offenbar bislang unerschlossene Energiequellen freigesetzt. Rüstig stapfte sie zur Elbe hinunter. Die überraschende Wärme der Nacht und eine jetzt fast spätsommerlich scheinende Sonne ließen geradezu vergessen, dass es November war. Frau Bähnert steuerte unverdrossen auf das Domizil von Heinz Zieschong zu, dem eleganten, fröhlichen Zwillingsbruder ihres weniger eleganten und allzu oft schlecht gelaunten Nachbarn Günther.

KAPITEL 6

Frau Bähnerts Plan

Mit einem frischen Fahrtwind im Gesicht, saß Frau Bähnert auf der Esmeralda, eingewickelt in eine dicke Pferdedecke, und nippte an einer großen Tasse heißen Bohnenkaffees. Ihre Augen richtete sie so oft es ging auf die Linie des Horizontes, um mittels dieses Tricks nicht von der Seekrankheit befallen zu werden. Heinz Zieschong stand mit Kapitänsmütze am hölzernen Steuerrad und tuckerte auf der Elbe flussabwärts in Richtung Dresden.

„Sie haben mir einen gehörigen Schrecken eingejagt, vorhin, als sie einfach so vor meiner Tür standen. Als wären sie in letzter Sekunde einer Dorfsaalschlägerei entkommen. Diese Beulen überall und die blauen Flecken! Was hat man nur mit ihnen gemacht?“

Kapitän Zieschong schaute auf die eingemummelte Dame und bohrte mit einem neugierig-besorgten Gesichtsausdruck nach. Der Blick Frau Bähnerts wich nicht vom vorbeiziehenden Horizont, und erst nach einer ganzen Weile brach sie ihr Schweigen.

„Sie würden es mir sowieso nich glooben, mein lieber Heinz!“

„Das haben sie schon vorhin gesagt, als ich sie nach der vergangenen Nacht gefragt habe!“

„Und es hat sich nichts daran geändert. Es ist einfach zu verrückt, was in den letzten Stunden und Tagen passiert ist. Ich würde sie nur sehr ungern in diese beunruhigende Sache mit reinziehen. Und wieso haben sie ihre Esmeralda eigentlich doch noch im Wasser gelassen und nicht in den Bootsschuppen gebracht?“

„Um ehrlich zu sein, ihnen zuliebe. Ich habe darauf gehofft, dass sie irgendwann bald bei mir vorbeischauen würden. Und eine Bootsfahrt! Welche Dame ist nicht davon begeistert?“

„Da hamse recht, mein Lieber! E Genuss!“ Frau Bähnert schluckte und blickte wieder zum Horizont auf der linken Seite des Flusses.

Beide Hände um die Tasse gelegt, nahm sie einen kräftigen Schluck aus der Kaffeetasse. Sie fuhren gerade an der Bastei vorüber. Ilse winkte hinauf zu den insektenkleinen

Besuchern auf der Aussichtsterrasse des imposanten Sandsteinfelsens.

„Irgend eener hat immer e Fernrohr dabei und sieht mich dadurch hier unten winken", sagte Frau Bähnert. „Leider ist das Winken in den letzten Jahren sehr aus der Mode gekommen. Keener hat mehr Freude am Winken, finden sie nicht auch, Heinz?"

„Oh, ich glaube, sie haben wieder einmal recht, liebe Frau Bähnert! Aber lenken sie nicht von meiner Frage ab. Es muss ihnen etwas sehr Abenteuerliches zugestoßen sein, und jetzt wagen sie nicht darüber zu sprechen. Ob aus Scham oder aus Geheimniskrämerei, das weiß ich nicht!"

Mit Zeige- und Mittelfinger strich sich die Witwe vorsichtig über ihre Blessuren, die sie sich im Inneren der Faulen Magd zugezogen hatte. Lautlos stieß sie Schmerzenschreie aus. Sie spürte, dass sie es nicht bis Dresden aushalten würde, wie ein Grab zu schweigen. Die Zieschongs waren ebenso neugierige und hartnäckige Nachfrager wie die Bähnerts. Sie beschloss, Heinz alle Einzelheiten anzuvertrauen.

Als die Esmeralda nach einiger Zeit Pillnitz erreicht hatte, stand ein blasser, fahrig am Steuerrad herumnestelnder Kapitän in der kleinen Kajüte.

„Sie müssen sich der Polizei anvertrauen, Frau Bähnert", sagte der Mann mit schwacher Stimme. „Wenn sie nicht noch von den Finstermännern der Kuchenmafia erschossen werden, dann schickt sie spätestens ein Richter ins Verderben. Verstehen sie, Frau Bähnert! Gefängnis, weil sie Kriminelle decken!"

„Ach was, Heinz! Sie hätten Kommissar Strietzel erleben sollen, der hat mich behandelt wie ein Schulmädchen. Stubenarrest hat der mir verpasst! Lasse mich doch nicht in meiner eigenen Wohnung einknasten! Nein, nein, mein Lieber: Ich knacke den Fall jetzt selber. Und sie, sie helfen mir dabei!"

Das bisschen Farbe, das in Heinz Zieschongs Gesicht zurückgekommen war, verschwand umgehend wieder.

„Ich habe ein Geschäft zu betreiben. Tourismus, das

macht sich nicht alleine“, versuchte sich der Mann herauszureden. „Ich fahre sie gerne zur Polizei oder, wenn es sein muss, auch nach Hause, aber meine Abenteuerlust hat Grenzen!“

„Ganz wie ihr Bruder!“

„Was hab ich denn mit dem gemein, außer dem gleichen Geburtstagsdatum?“

„Wenn es ernst wird, kneifen die Zieschongs!“, stichelte Frau Bähnert. „Dabei hab ich auf sie immer größere Stücke gehalten, als auf diesen jammernden Ex-Brigadier. Der is doch nie richtig angekommen im Hier und Heute, ihr Bruder! Aber sie! Ich dachte immer, sie sind ein Mann von Welt, so fischelant – und mit allen Wassern gewaschen!“

Heinz Zieschong schwieg. Er versuchte sich auf den Fluss zu konzentrieren, wie er sanft und stetig mit dem Schiff dahinfloss. Vorn, unterhalb der Elbhänge von Loschwitz, tauchte im Dunst schon das Blaue Wunder auf. Wie ein riesiges langgezogenes Spinnennetz spannten sich die vielfach kreuzenden Stahlträger der Brücke über den Fluss.

„In einer halben Stunde bin ich diese anstrengende Person los“, hoffte Zieschong, als hinter der Esmeralda eine blecherne Lautsprecherstimme ertönte.

Frau Bähnert und ihr Kapitän schauten zurück und sahen ein Boot der Wasserschutzpolizei.

„Bitte drosseln sie ihre Fahrgeschwindigkeit“, schallte es aus sechzig, siebzig Metern Entfernung: „Wir beabsichtigen, backbord bei ihnen anzulegen. Halten sie bitte ihre Papiere bereit!“

Wie vom Blitz getroffen duckte sich Frau Bähnert ab, warf sich die Decke über und huschte schnell wie ein Wiesel unters Verdeck. In der hintersten Ecke öffnete sie einen Wandverschlag und stieg hinein. Der Kapitän der Esmeralda konnte gar nicht so rasch schauen, da war die alte Dame schon verschwunden. Er musste sich auf das Andockmanöver konzentrieren. Die Wasserschutzpolizei mochte keine Anfänger auf dem Wasser. Heinz Zieschong erwies sich als Könner.

„Bitte mal die Papiere. Und wir suchen nach einer vermissten Person. Vielleicht können sie helfen, Herr –“ Der Wasserschutzpolizist schaute in den Bootsführerschein: „Herr Zieschong! Also, es handelt sich um eine hoch betagte Dame. Sie wird dringend von der Kriminalpolizei gesucht.“

Herr Zieschong versuchte so normal wie möglich zu bleiben. Er verzog seinen Mund zu einem beiläufigen Lächeln.

„Hat doch nicht etwa was ausgefressen? So eine alte Witwe doch nicht?“

Er biss sich auf die Zunge.

„Verdammt“, dachte er. „Wieso nenne ich eine mir unbekannte alte Frau eine Witwe?“

Doch die Polizisten reagierten gar nicht darauf. Zieschongs verräterischer Satz war im Gurgeln des Elbwassers und im Motorentuckern untergegangen.

„Bitte verständigen sie uns umgehend, wenn sie eine Person mit der Beschreibung sehen. Wir müssen vom Schlimmsten ausgehen“, sagte der Wasserschutzpolizist und reichte zusammen mit Heinz Zieschongs Papieren ein Flugblatt zur Esmeralda herüber.

„Werfen sie bitte einen Blick drauf! Und gute Fahrt!“

Herr Zieschong bedankte sich unterwürfig bei den Wasserschutzpolizisten, ließ sich von ihrem Boot überholen und getraute sich einige Minuten nicht nach links oder rechts und schon gar nicht nach hinten zu schauen. Dort kroch Frau Bähnert polternd aus ihrem Versteck hervor.

„Das ham sie ganz clever gemacht, mein Lieber. Wie sie so ruhig geblieben sind, als die Polizisten nach mir gefragt ham! Hut ab, e echter Profi!“

Noch immer starr nach vorn auf die Bootsspitze blickend, sagte Herr Zieschong mit einer unüberhörbaren Wut in der Stimme:

„Brauchen sie sich gar nichts darauf einbilden, Frau Bähnert. Vielleicht suchen die ja auch gar nicht nach ihnen, sondern nach irgendeiner anderen senilen Oma!“

Doch das Flugblatt ließ gar keinen Zweifel daran, nach

wem die Polizisten zu Lande und auch zu Wasser fahndeten. Unter einem recht treffenden Porträt der Dame, welches sie freundlicherweise von ihrer Schokoladenseite zeigte, standen alle Daten, die zur Wiedererkennung nützlich sind.

Name: Bähnert
Vorname: Ilse
Größe: 1,65 Meter
Scheinbares Alter: 70 bis 80
Haarfarbe: Grauschwarz
Besondere Kennzeichen: Hutträgerin
Dialekt: Stark Sächsisch

Frau Bähnert faltete das Papier säuberlich zusammen und steckte es in ihre Handtasche.

„Wieso denn Sächsisch?", murmelte sie dabei und wunderte sich. „Hört mer das wirklich so stark?"

Die Esmeralda unterquerte gerade die Loschwitzer Elbbrücke, das Blaues Wunder. An den Hängen, flussabwärts rechts des Ufers, lugten die vornehmen Villen zwischen den nahezu blattlosen Bäumen hervor.

„Ich fahre jetzt in den Hafen", kündigte Heinz Zieschong an. „Ich hoffe, sie wissen dann, wie es für sie weiter geht."

„Sie meinen sicher: Wies für uns beede weitergeht! Ja, da machen sie sich bitte keine Sorgen. Ich habe einen Plan! Und sie sind mit dorbei! Oder wollnse, dass ich der Polizei melde, sie hätten eine gesuchte Person vor der Staatsgewalt versteckt! Das wolln wir doch beide nicht, Herr Zieschong!"

„Frau Bähnert", seufzte der Kapitän entnervt, „für so durchtrieben hätte ich sie in meinen kühnsten Träumen nicht gehalten. Nehmen sie die Leine dort, wir müssen erst einmal anlegen. Mit der Linie 61 kommen sie dann nach Hause!"

Frau Bähnerts Plan sah folgendermaßen aus: Heinz Zieschong sollte, zurück in Königstein, die Lage im Ort und auf der Festung aufmerksam im Blick behalten, so lange der Kongress noch dauerte. Sein ebenso berühmter wie eigenwilliger Pensions-Gast aus der Schweiz, Dr. Nuerlie, stand verständlicherweise besonders im Fokus des Bähnertschen Interesses:

Ein einflussreicher Geschäftsmann und schrulliger Sammler, der seine Leute offenbar für Diebstähle jahrhundertealter Kuchen- und Backrezepturen bezahlt, mithilfe derer er dann Industrienahrungsmittel für den Weltmarkt herstellt – natürlich patentiert und markenrechtlich als uralte Originale geschützt. Frau Bähnert schien die Sache sonnenklar zu sein:

„Der klaut den traditionellen Handwerkern ihre Betriebsgeheimnisse – und verkooft denen de Lizenzen dann mittels Knebelverträgen widder zurück! Eene riesengroße Sauerei!"

Bevor Frau Bähnert jedoch der Polizei über ihren unglaublichen Verdacht etwas mitteilen wollte, waren noch zahlreiche Indizien und Beweise einzuholen. Als sie einigermaßen erschöpft vor dem Mietshaus in Löbtau ankam, sah sie ein Polizeiauto vor der Eingangstür. Zwei Beamte hatten sich so auf dem Bürgersteig postiert, dass die Witwe unmöglich unerkannt in ihre Wohnung gelangen konnte.

„Was mach ich denn jetzt? Gibts e Schleichweg?", überlegte Frau Bähnert.

Ein wenig fröstelte ihr. Der November machte, was er wollte. Die Temperaturen fielen wieder. Noch eine weitere Nacht unter derart unbequemen Bedingungen wie auf dem Königstein kam für die alte Dame nicht in Frage. Ihre Gesundheit hatte sich als robust, geradezu stählern erwiesen, aber achtzehn war Frau Bähnert eben auch nicht mehr.

„Es muss nicht auf die Spitze getrieben werden mit dem soldatischen Feldlagerleben", dachte die alte Dame, als sie sich aus der eigenen Wohnung verbannt sah. „Jetzt kann mir nur noch die Traudel helfen. Wir alten Damen müssen zusammenhalten. Wie Pech und Schwefel! Bei der Traudel riechts ja manchmal ooch so! Wegen dem Katzenklo."

In gebührendem Abstand zu ihrem Wohnhaus lief sie an den Polizisten vorüber, kaufte sich eine Fahrkarte und fuhr mit der Straßenbahn zum Weißen Hirsch, wo sich ihre Freundin seit dem Tod des Mannes im nobelsten Teil des Viertels von der Witwenrente eine kleine Zweiraumwohnung mit einem einmaligen Blick über die Stadt leistete. Die Fahrt hinauf entlang der Elbschlösserparks und über die Mordgrundbrücke behagte Frau Bähnert nicht recht. Ihre Garderobe sah nach den Ereignissen der letzten Stunden alles andere als tadellos aus. Zwar klaffte kein Dreiangel im Mantel. Doch die Enge der Faulen Magd ließ sich anhand der rostfarbenen Flecken auf dem Ärmel und am Mantelrücken noch immer bestens ablesen. Außerdem hatte sich der üble Geruch des Kanonenpulvers noch längst nicht verflüchtigt. Die Straßenbahnfahrgäste schauten jedenfalls mit gerümpfter Nase herüber zu dieser eigenwilligen Person. Als ein kleines Mädchen fragte, ob Frau Bähnert eine Hexe sei, zog die Mutter zwar das Kind mit zahlreichen Entschuldigungen und Pardons weg. Doch wohler fühlte sich die alte Dame dadurch nicht. Ohne ihren Blick vom Boden abzuwenden, stieg sie an der Haltestelle Plattleite aus und lief so rasch es ging zu Traudels Wohnung. Nach einem ausdauernden Sturmklingeln öffnete Frau Bähnerts Freundin die Tür und schloss sie sofort wieder, als sie das eigenartige Wesen erspähte.

„Mache off, Traudel! Ich bins, deine Ilse!“, rief Frau Bähnert und wummerte heftig gegen die Wohnungstür.

Der kleine runde Adventskranz aus Korkenzieherweide und Tannenzäpfchen, den Traudel überpünktlich außen an der Tür als Zierde aufgehängt hatte, fiel herunter. Frau Bähnert hob ihn ächzend auf. Sie versuchte, den Schmuck zurück über das Messing-Klingelschild mit der Aufschrift *T. Ederberg* zu hängen, was aber misslang, weil auch der kleine Befestigungsnagel für den Adventskranz herausgerutscht war. Hinter dem Spion lauerte Traudel und beobachtete ängstlich, was da vor ihrer Wohnung geschah.

„Traudel! Sei vernünftig und lasse deine Freundin Ilse rein!“, wiederholte die unangekündigte Besucherin.

Ein Schlüsselbund klirrte, und Traudel zog ihre Tür einen Spalt auf. Frau Bähnert sah deutlich die vorgehängte Sicherungskette und verdrehte entnervt die Augen. Endlich schien Traudel ihre Freundin zu erkennen.

„Ilse, bist du das wirklich? Wie du aussiehst!", stieß Traudel entsetzt hervor.

„Wer soll ich denn sein? Dor Weihnachtsmann? Dor Blockwart? Oder dein alter Parteisekrektär?"

Frau Bähnert hielt den lädierten Adventskranz mit der rechten Hand auf halber Höhe und wirkte tatsächlich ein wenig biblisch, fast alttestamentarisch. Der teuflische Gestank des Kanonenschießpulvers umwaberte sie wie ein höllisches Parfüm.

„Du siehst ja grässlich aus, Ilse! Und wie du schnupperst!", sagte Traudel mit immer noch erschrockener Miene. „Was ist dir denn um Himmels Willen zugestoßen?"

„Na vielleicht lässt de mich erst mal nein. Dann erzähle ich es dir. Oder hast du neuerdings Angst vor mir?"

Traudel musterte ihre Ilse mit einem argwöhnischen Blick. Sie entsicherte langsam die Tür, schaute dann nach links, rechts, oben und unten im Hausflur, ob nicht etwa jemand den peinlichen Aufzug beobachtete. Dann packte sie Frau Bähnert am Ärmel und zog sie mit einem kräftigen Ruck in ihren Korridor. Traudels Katze fauchte entsetzt auf angesichts des eintretenden Schreckgespenstes und flitzte in die Stube. Der Baron, so hieß der empfindsame Kater, suchte tief unter dem Sofa sicheren Schutz.

„Du weißt ja, wo mein Badezimmer ist", sagte Traudel.

Mit spitzen Fingern und einem angewiderten Gesichtsausdruck nahm sie Frau Bähnert den Mantel und das Hütchen ab. Sie brachte die Kluft eilig hinaus auf ihren kleinen Balkon, trat zurück ins Wohnzimmer und schloss sofort die Glastür hinter sich ab. Nach wenigen Augenblicken kamen aus dem Bad die ersten Duschgeräusche und kieksende Laute wohligen Genießens.

„Alles in Ordnung, Ilse?", erkundigte sich Traudel besorgt, als sie die Töne vernahm. „Soll ich vielleicht prophylaktisch Doktor Merbitz rufen?"

„Es ging mir noch nie so gut!“, flötete Frau Bähnert durch die Badtür. „Und lasse den Merbitz ausm Spiel. Dieser Quacksalber! Wo sindn de Handtücher?“

Traudel lief dienstbeflissen in die Schlafstube, öffnete den großen nussbaumfurnierten Kleiderschrank, wo Kleider für eine ganze Kompanie Platz gefunden hätten, und zog zwei frisch gestärkte blütenweiße Frotteetücher aus dem Fach. Dann suchte sie noch einige Trikotagen und ein Kleid heraus, von dem sie glaubte, dass sie Ilses Geschmack treffen könnten. Damit kehrte sie zum Badezimmer zurück, klopfte, wartete wohlerzogen auf das „Herein!“ und legte die Sachen in dem dampferfüllten Zimmer auf die antike weißlackierte Holzkommode. Obwohl in der wabernden Waschküchensuppe kein Mensch etwas hätte sehen können, außer die eigene Hand vor der Nase, kniff Traudel die Augen so lange zu, bis sie wieder aus dem Badezimmer verschwunden war.

In der Küche bereitete sie frischen Bohnenkaffee zu. Eine duftende Bäbe stand in der Backröhre. Traudel backte immer gegen Ende der Woche eine Bäbe, ob sich nun Besuch angekündigt hatte oder nicht. Übrig blieb von dem köstlichen Kuchen weder in dem einen noch im anderen Fall etwas.

Gertraud, genannt Traudel, war etwas kräftiger gebaut als Frau Bähnert. Sie überragte ihre Freundin zudem deutlich um einige Zentimeter. Ihr eisgraues langes Haar band Traudel allmorgendlich zu einem stattlichen Dutt. Dezent, aber gründlich schminkte sie sich, um dem Alter zumindest äußerlich ein paar Jahre abzuringen. Wie Frau Bähnert war auch Traudels Gatte längst tot. Von der Pension des Brückenbauingenieurs Gottfried Ederberg konnte sie an einem der gutbürgerlichsten Orte der Stadt ein stilles, aber wohl ausgestattetes Ruhestandsleben führen.

Frau Bähnert öffnete frisch geduscht die Tür des Badezimmers und trat in den geborgten Kleidern auf den Korridor hinaus. Sie schaute amüsiert an sich herunter.

„Hängt dran wie e Kartoffelsack, aber ich habe mich lange nicht so wunderbar gefühlt, wie nach diesem herrlichen

Brausebad!", sagte sie, und nach einer Kunstpause fuhr sie fort: „Du gloobst nich, was mir in dieser Woche alles passiert ist! Wenn das der Herbert wüsste!"

Traudel hatte im Wohnzimmer unter dem ausladenden glitzernden Kronleuchter, der an der stuckverzierten Altbaudecke hing, die Kaffeetafel gedeckt. Obwohl es noch eine kleine Weile hin war, brannte bereits die erste Kerze auf dem tannengrünen Adventskranz und tauchte die Stube in ein wachsgelbes Pastelllicht. Der Bohnenkaffee duftete kräftig und verdrängte endgültig den übelriechenden Schwefelgeruch, den Frau Bähnert vorhin mit in die Wohnung getragen hatte. Sanft zogen die Schwaden eines Crottendorfer Räucherkerzchens aus dem runden Mund eines erzgebirgischen Miniaturbergmannes. Frau Bähnert nahm einen großen Schluck aus der Meissner Tasse, biss von dem Sandkuchen ab, vergab nuschelnd ihr obligatorisches Kompliment an die Kuchenbäckerin. Dann begann sie in allen Einzelheiten zu erzählen. Und je detailreicher Ilse ihrer Freundin über die Ereignisse der jüngsten Stunden und Tage berichtete, desto mehr klappte deren Unterkiefer Richtung Fußboden. Traudel begriff nach und nach den Ernst der Lage.

„Verstehe ich das richtig, Ilse? Die Polizei sucht nach dir, weil sie glaubt, du bist einem Verbrechen zum Opfer gefallen!"

„Genauso verhält es sich, meine liebe Traudel."

„Aber du meldest dich nicht bei den Ermittlern, weil du gern selbst herausbekommen möchtest, wer hinter dem Mord an Bäcker Müller steckt und warum unser Konditor Gränzel spurlos verschwunden ist?"

„Exakt erkannt, Traudel! Und wer diese Dame ist, will ich wissen, die sich de Fräulein Mandy nennt, und die für den russischen Handlanger von dem verrückten Schweizer, diesem Dr. Nuerlie, de originalen Familienrezepte sächsischer Kuchen klaut – das gibt mir ooch e paar Rätsel auf!"

„Ilse, du bist lebensmüde! Die Russen schrecken doch vor nichts zurück. Das hat doch dein Herbert auch immer gesagt. Du musst dich der Polizei anvertrauen. Rufe diesen Kommissar Strietzel an, ihr kennt euch doch!", sagte Traudel schon fast flehentlich.

Frau Bähnert lehnte sich trotzig in dem großen roten Plüschsofa zurück, unter dem der Baron nun ängstlich zu schnurren begann. Mit einem fein klirrenden Silberlöffelchen verrührte sie Zucker und Sahne im dritten Tässchen Bohnenkaffee des Nachmittags. Nach einer ganzen Weile legte sie seelenruhig den Löffel auf die Untertasse, die sie mit der linken Hand schützend unter das Schälchen hielt. Frau Bähnert spitzte den Mund, führte vornehm die Tasse zu den Lippen und nippte. Sie genoss es ausgiebig, dass Traudel sich so um sie sorgte.

„Traudel, mache dir keene Gedanken! Ich hab grade erscht Blut geleckt. Aber du hast recht, morgen werde ich zur Polizei gehen – und du, liebe Traudel, bist mein Alibi für die letzten 24 Stunden!"

„Alibi?", Traudel fiel fast aus dem Sessel. „Kommt gar nicht in Frage! Du bringst mich in Teufels Küche. Meine Lebtage habe ich kein krummes Ding gedreht. Jetzt verlangst du von mir, dass ich für dich lüge! Auch noch die Polizei belüge!"

„Nie ein krummes Ding gedreht, Traudel? Bist du dir da sicher? Wie war denn das damals, als du nach der Frauentagsfeier mit dem roten Fingernagellack de Ernst-Thälmann-Büste geschminkt hast?"

„Das ist doch lange her! Das war politischer Widerstand! Außerdem waren wir beschwipst."

„Traudel, mache dich nicht lächerlich: Vor drei Jahren hast du das doch noch mal gemacht, nach dem Klassentreffen von dor Gewerbeschule!"

„Ernst Thälmann geschminkt? Niemals!"

„Nee, da wars dor Verlorne Sohn, de Weltkriegs-Büste im Park vor dor Heilig-Geist-Kirche! Dem haste de Zehnnägel manikürt!"

Traudel schaute betreten auf den Teppich. Sie war ertappt. Frau Bähnert kostete den Triumph genüsslich aus.

„Du siehst, meine Liebe", sagte Ilse, „wer unter euch

ohne Sünde ist, der werfe den ersten Stein! Aber sei ohne Furcht und Traudel! Ich werde dich nicht verraten. Aus Gefälligkeit erwarte ich nur eene Kleinigkeit!"

„Aha, und worin besteht deine Kleinigkeit?", fragte Traudel eingeschnappt. „Welches Alibi hättest du denn gern?"

„Ganz einfach: Wir beide warn off eener Kaffeefahrt in Hirschberg! Wüsste nicht, was an dieser Aussage verfänglich sein soll!"

Frau Bähnert fand die Lüge, die sie der Polizei gegenüber verwenden wollte, clever genug, um sich lästiger Nachfragen über ihren Verbleib zu erwehren. Nach einigem Hin und Her sah auch Traudel ein, dass sie ihrer Freundin diesen Gefallen schuldig sei, wenn sie nicht mit der verflixten Denkmalsschmiererei am Pranger ihrer Kirchgemeinde landen wollte. Sie hatte den sandsteinernen Verlorenen Sohn damals tatsächlich mit rotem Nagellack aufgehübscht, bei Nacht und Nebel und mit einem gehörigen Schwips im Oberstübchen.

„Traudel, warum wackelten jetzt dei Adventskranz?", fragte Ilse mit Blick auf den Schmuck, der unter rhythmischem Brummen zur Tischkante ruckelte.

Traudel versuchte hektisch, den wild gewordenen Adventskranz zu stoppen. Der hielt ebenso unvermittelt an, wie er seine Reise über den Tisch begonnen hatte. Nun spielte der Adventskranz eine Melodie. Traudel lehnte sich verzückt zurück. Frau Bähnert schaute ungläubig.

„Wo hastn du den Adventskranz her, Traudel? Etwa aus Hongkong?", fragte sie.

„Quatsch, Hongkong!", rief Traudel. „Da liegt mein Handy drunter. Ist die Melodie nicht herrlich!"

Frau Bähnert erkannte das Lied. Es handelte sich um das legendäre Feierobnd-Lied des Erzgebirgsdichters Anton Günter.

„Warum gehstn nich ran, Traudel", fragte Frau Bähnert sie.

„Warte doch, ich möchte alle drei Strophen hören. Es ist mein Lieblingslied", antwortete Traudel.

Frau Bähnert selbst besaß kein Handy, obwohl ihre Freundinnen, besonders Traudel, die in technischen Dingen sehr viel interessierter war, stets dazu ermunterten. Man fühle sich sicherer, lauteten Traudels Worte: Wenn mal was mit dem Herzen sei oder mit dem Fernseher, dann brauche man nur die Hundertzehn rufen, und die Hilfe folge auf dem Fuß. Frau Bähnert hatte derlei Ratschläge bislang in den Wind geschlagen. Ohne Handy lebte es sich einfach ruhiger, meinte sie. Ihr hoch betagtes Telefon mit Wählscheibe und gehäkeltem Überwurf war seit Jahren nicht kaputt gegangen. Als vor drei Jahren alle im Hausaufgang ihre elektronischen Wundergeräte bei einem Blitzeinschlag in Rauch aufgehen sahen, da standen sie sogar wieder Schlange bei der Frau Bähnert. Ihr antiker Telefonapparat hatte als einziger im Viertel das Unwetter heil überstanden. Allerdings spielte der uralte Apparat keine Gassenhauer, so wie es jetzt Traudels Taschentelefon ausgiebig tat. Traudel und Ilse sangen lauthals mit.

's is Feierobnd, 's is Feierobnd.
Es Togwark is vullbracht,
's gieht alles seiner Haamit zu,
ganz sachte schleicht de Nacht.

Nachdem der letzte Takt der Melodie verklungen war, drückte Traudel feierlich auf die Taste mit dem kleinen grünen Telefonhörersymbol.

„Ja, bitte! Hier ist Ederberg!"

Frau Bähnerts Freundin machte plötzlich ein sehr überraschtes Gesicht, als sich der Gesprächsteilnehmer vorgestellt hatte. Sie nahm das Telefon vom Ohr, deckte mit der linken Hand die Sprechöffnung ab und beugte sich weit zu Ilse herüber.

„Es ist dein Kommissar", flüsterte Traudel aufgeregt. „Ob ich weiß, wo du steckst. Der halbe sächsische Polizeiapparat sucht dich!"

Während vor dem Fenster gerade ein großer Polizeihubschrauber vorbeiknatterte, sah Frau Bähnert in das immer bleicher werdende Antlitz von Traudel und entschied, dem

Kommissar die verzwickte Situation selbst zu erklären. Sie ließ sich das Handy geben, setzte sich kerzengerade auf das Sofa, schaute festen Blickes nach vorn und begann sich dem Kommissar zu erklären.

„Herr Strietzel, ja? Ich weeß, ich weeß, sie ham sich große Sorgen um mich gemacht. Aber jetzt hamse mich ja gefunden ... Bitte? Wo ich gesteckt habe? Naja, also, ich müsste es ihnen nicht sagen, lieber Manfred ... Bitte? Riesenaufgebot sucht nach mir ... Ja, äh. Also ... man wird doch mal eene Kaffeefahrt machen dürfen ... Genau ... Jawoll ... Wohin? In de Volksrepublik Polen, nach Hirschberg, de Traudel kanns bestätigen ... Ja, war sehr schön und ooch das Wetter ... nee, keene Lamadecken gekooft!“

Frau Bähnert fabulierte munter weiter und erzählte dem Kommissar von ihrem angeblich spontanen Ausflug ins Nachbarland. Nach einer Viertelstunde hartnäckiger und wortreicher Flunkerei schien der Kommissar seinen Widerstand aufgegeben zu haben.

„Ja, es geht mir gut, ausgezeichnet, Herr Manfred!“, sagte Frau Bähnert. „Sie können ihre Kettenhunde widder abziehn. Ja, ich komme morgen um zehn zu ihnen ins Präsidium. Versprochen! Pionierehrenwort!“

Mit einem Stoßseufzer legte Frau Bähnert das Handy auf den Tisch. Traudel schaute fragend zu ihrer Freundin.

„Woher hat dieser Kommissar meine Nummer, Ilse?“, wollte Traudel wissen.

Frau Bähnert wurde verlegen, legte die Hand auf Traudels Hand und schaute ihr tief in die hinter einer dickglasigen Brille liegenden ehrlichen Augen.

„Traudel, ich habe sie vorgestern dem Kommissar gegeben, als er fragte, wen er benachrichtigen müsse, wenn mir was zustoßen sollte. Ich habe doch keenen mehr, außer dir! Dor Bäcker Müller – tot, Konditor Gränzel – wie vom Erdboden verschluckt. Und du bist doch meine Freundin, Traudel! Das biste doch?“

Traudel konnte die Tränen nicht mehr zurückhalten. Schluchzend fielen sich die beiden Damen um den Hals.

„Ich wusste nicht, dass ich dir so viel bedeute, Ilse!“

„Wir müssen jetzt zusammenstehen, wenn auf die Jugend keen Verlass mehr ist! Hast du noch e kleenes Stückel von dem Marmorkuchen für mich, der ist dir diesmal wirklich gelungen!"

Traudel löste sich plötzlich und abrupt aus der Umarmung und schaute irritiert auf Frau Bähnert.

„Solln das heißen – diesmal? Willst du sagen, sonst gelingt sie mir nicht, meine Bäbe!", rief Traudel mit dem Pulloverärmel ihre Tränen aus den Augenwinkeln wischend. „Du kreuzt hier auf wie ein Landstreicher, riechst wie der Leibhaftige, ziehst mich in deine waghalsigen Detektivmachenschaften mit rein. Und jetzt erzählst du mir auch noch, ich sei eine miserable Kuchenbäckerin!"

Wieder schossen Traudel die Tränen ins Gesicht, diesmal aus Zorn und Wut über Ilses Beleidigung.

„Traudel! Gertraud, meine Gute! So hab ich das doch nicht gemeint! Sie schmeckt mir heute *ganz* besonders gut. Das wollte ich sagen!"

„Haste aber nicht gesagt. Heute schmecke sie dir wirklich einmal, das hast du gesagt, und ich habe den Ton sehr gut verstanden!"

Wäre in diesem Augenblick nicht der Baron unter dem Sofa hervorgekommen und hätte er bei seinem gewagten Sprung über den Tisch nicht den Adventskranz und die restliche Bäbe hinfortgerissen – die beiden Damen wären sich womöglich böse in die Haare gekommen. So aber half Ilse ihrer Freundin Traudel, das Malheur, das der Kater angerichtet hatte, zu bereinigen. Über das Loch, welches die herabfallende Kerze in den roséfarbenen Läufer gebrannt hatte, zog Traudel eines der Tischbeine. Dann gönnten sie sich zwei Schokobecher mit Eierlikör. Und Frau Bähnert sagte nicht, dass ihr diesmal auch Traudels selbst gemachter Eierlikör besonders gut schmeckte.

Was für ein Tag! Es war schon dunkel, als Frau Bähnert endlich ihre Wohnung aufschloss und die heimischen Düfte roch, ihrem Herbert an der Wand einen Kuss zuwarf und die müden Beine hoch auf ihre Hitsche legte.

KAPITEL 7

Geständnisse

Der dunkle Winter kam unaufhaltsam übers Land. Er erschien noch in Gestalt des grauen, nassen Vorwinters, der einem Menschen das Leben in der geheizten Stube wie ein himmlisches Paradies vorkommen ließ. Der süße Duft der Adventszeit steigerte dieses Wohlbehagen noch.

Frau Bähnert war mehr als froh, dass sie die vergangene Nacht wieder in ihrem eigenen bequemen Doppelbett verbringen konnte. Das Abenteuer auf der Festung Königstein erschien ihr bereits wie eine ferne und wilde Jugenderinnerung. Dabei war es erst gestern gewesen. Frisch und munter, gestärkt durch Bohnenkaffee und Rührei, brachte die Dame wieder Ordnung in die Wüstenei ihrer Wohnung.

„Alles gehört schließlich an seinen Platz", sagte Ilse leise.

Auch die goldumrandete Einladungskarte für die Eierscheckebackmeisterschaft steckte sie zurück an den Flurspiegel, und als sie einen nochmaligen gründlichen Blick darauf warf, sah sie, dass bereits am Abend ein Empfang der Stadt angekündigt war. Ein erlauchter Kreis wichtiger Persönlichkeiten aus Politik, Wirtschaft und Kultur würde auf Schloss Albrechtsberg in den Kronensaal gebeten. Auf der Karte stand es.

Schon ein paar Tage vor der eigentlichen Backmeisterschaft möchten wir uns bei einem zwanglosen Treffen kennenlernen und ihnen einige wichtige Persönlichkeiten vorstellen. Wir würden uns freuen, wenn Sie und eine Begleitperson ihrer Wahl am 23. November um 19.30 Uhr unserer Einladung folgen. Der Veranstalter.

Frau Bähnert überlegte, wen sie bitten könnte, sie aufs Schloss zu begleiten. Traudel erneut in die aktuellen Ereignisse hineinzureißen, erschien ihr nach den Turbulenzen am gestrigen Nachmittag unverantwortlich. Traudels Herz gehörte nicht zu den stärksten. Sie könnte allein gehen, überlegte Frau Bähnert, was ihr aber gewiss keine Ruhe vor den Herren ließ, auf die sie noch immer einen gehörigen Eindruck zu machen glaubte. Vielleicht der Kommissar? Wäre er der richtige Mann für einen Abend in besserer

Gesellschaft? Auch diese Idee verwarf sie schnell. Sie würde ihn nachher auf dem Polizeipräsidium treffen. Außerdem würde er den Abendtermin wohl ebenso als streng dienstlich betrachten wie den Besuch vor zwei Tagen in ihrer Wohnung. Und ein Herr, der keinen Tropfen Alkohol anrührt, so sinnierte Frau Bähnert, der bringt keinen Schwung in die Bude. Blieb also Heinz Zieschong, den sie ja sowieso um dessen sachdienliche Mitarbeit bei den Ermittlungen gebeten hatte. Sie suchte schnell seine Telefonnummer heraus, um ihn in seiner Pension in Königstein zu erreichen. Er nahm ab und schien schon auf den Anruf aus Dresden gewartet zu haben.

„Sie begleiten mich also gern?“, sagte Frau Bähnert erfreut, als sie prompt eine Zusage erhielt. „Und Neuigkeiten hamse ooch? Nee, nicht am Telefon! Sehr gut! Ja, holen sie mich ab! Mit dem Wagen? Wunderbar!“

Frau Bähnert setzte eine zufriedene Miene auf und freute sich auf den Abend im Schloss. Sie hoffte, dort einiges mehr über die genaueren Zusammenhänge der Ereignisse herauszubekommen. Stube und Schlafzimmer reinigte sie wie im Flug. Als sie das Räuchermännchen zur Hand nahm, das erst in dieser Woche nach Jahren des Verschwindens wieder aufgetaucht war, erinnerte sie sich an das nächtliche Gespräch, das sie aus der Faulen Magd heraus belauscht hatte. Hinter der Heizung habe ich ein Räuchermännchen gefunden, hatte das geheimnisvolle Fräulein Mandy gesagt. In diesem Moment durchschoss Frau Bähnert der Blitz der Erkenntnis.

„Wenn dieses Fräulein Mandy tatsächlich in meine Wohnung eingebrochen ist, dann musste auch von ihr der Zettel mit dem Treffpunkt stammen“, kombinierte die alte Dame. „Sie hat den Zettel bei mir unbemerkt verloren!“

Plötzlich fanden sich die Puzzleteile wie von selbst zusammen.

„Dor Russe – das war dieser Malakoff, der finstere Schatten des unsichtbaren Dr. Nuerlie! Malakoff hinterlegt in Königstein im Hotel *Elbblick* eine Notiz für Mandy. Dazu verwendet er natürlich ein Blatt Papier des

Hotels, in dem er wohnt. Fräulein Mandy nimmt das Papier an sich, durchsucht später in Dresden meine Wohnung, verliert das Blatt hier versehentlich … Ja, genau so muss es gewesen sein!“, murmelte Frau Bähnert selbstvergessen.

Entschlossen suchte sie das grüne Blatt mit dem Aufdruck der Hoteladresse hervor, das sie überhaupt erst auf die Spur nach Königstein gebracht hatte. In ihrer Handtasche lag es zusammengeknüllt zwischen zwei Eukalyptusbonbons und der Parabellum-Pistole. Mit der Hand strich sie das Papier glatt und wählte die Nummer des Hotels. Wieder meldete sich eine freundliche Dame am anderen Ende. Frau Bähnert sprach mit fester Stimme.

„Ich möchte Herrn Malakoff sprechen. Es ist dringend!“ Die Dame am anderen Ende der Leitung hüstelte verlegen. Dann meldete sie sich wieder, und Frau Bähnert schien nicht zufrieden mit der Auskunft.

„Aber es muss einen Malakoff geben, Fjodor Malakoff, gloobe ich, heißt der! Es ist sehr wichtig, privat! Schauen sie doch bitte noch einmal gründlich nach!“, drängte die alte Dame energisch und selbstbewusst.

Wieder hüstelte es im Hörer, als wäre es der Dame von der Hotelrezeption peinlich, Auskunft zu geben. Frau Bähnerts Gesicht verdüsterte sich, als sie die Nachricht erhielt.

„Aha, nicht mehr ihr Gast? Vorhin abgeholt – von zwee Herrn, Auto mit Dresdner Kennzeichen. Seltsam. Ja, hamse vielen Dank. Wiederhören!“ Frau Bähnert legte den Hörer zurück in die Gabel und schaute stolz auf Herberts Foto an der Wand. „Na, wie hab ich das gemacht – man muss den Leuten nur ein bisschen kräftiger auf den Zahn fühlen!“

Sie fühlte sich ob ihres kleinen Ermittlungstricks wie Miss Marple, Sherlock Holmes, Doktor Watson, Hercule Poirot, Philip Marlowe und James Bond in einer Person. Sie lief zum Schrank, öffnete die Klappe der Minibar und belohnte sich umgehend mit einem randvollen Gläschen Eierlikör.

„Gut gegen de Uffreschung", murmelte sie, prostete Herbert an der Wand zu und trank die Köstlichkeit mit einem beherzten Zug aus.

Es war vormittags 9.30 Uhr. Um vor Kommissar Strietzel nicht mit einer unangenehm schnuppernden Fahne zu erscheinen, angelte sich Frau Bähnert eines dieser Eukalyptusbonbons der Marke Krügerol aus der klebrigen Papiertüte in ihrer Handtasche und schob sich das erfrischend duftende Zuckerwerk in den Mund. Sie war spät dran. Bis zum Präsidium würde sie mit der Straßenbahn zwanzig Minuten benötigen.

Eilig schlüpfte sie in den dunklen Wintermantel, der nach gründlichem Auslüften, sorgsamem Ausbürsten und einem Spritzer Echt Kölnisch Wasser die unangenehmen Schmauch- und Schmutzspuren des Festungsausflugs verloren hatte. Diesmal sperrte sie ihre Tür vorsichtshalber zweimal zu, riss sich ein Härchen unter dem Hut hervor und klebte es als unsichtbare Versiegelung mit Spucke über die winzige Ritze zwischen Tür und Rahmen.

Genau fünf Minuten vor zehn Uhr kletterte Frau Bähnert am Pirnaischen Platz aus einem der gelben Straßenbahnwagen. Der Himmel mit den marmorgrauen Novemberwolken verdüsterte den verkehrsreichen Knotenpunkt der Stadt. Es war Freitag, und der Verkehr floss zäh in Richtung Hauptbahnhof und in Richtung Carolabrücke, vorbei am wuchtigen und klobigen Polizeipräsidium in der Schießgasse. Der mehrflügelige Sandsteinbau aus der Wende zum zwanzigsten Jahrhundert wirkte mit seiner schwarzgrauverwitterten Außenfassade angst- oder zumindest respekteinflößend. Durch jede der drei Eingangspforten hätte eine ausgewachsene Giraffe aus dem Dresdner Zoo gepasst, gewiss auch ein Elefant. Umso zierlicher und verlorener wirkte Ilse Bähnert, als sie durch das Portal ging. Sie meldete sich durch ein Sprechloch an der schusssicheren Glasscheibe an, hinter der mehrere Beamte arbeiteten, das heißt, sie stierten unentwegt auf ihre Computerbildschirme. Kommissar Strietzel, so beschied ihr eine blonde Polizeiwachtmeisterin per klirrender Wechselsprechanlage, hole die Besucherin am Eingang ab. Frau Bähnert bedankte sich artig und nahm auf einem der hartschaligen und eiskalten Wartesitze Platz. Mit Erschrecken fiel ihr ein, dass sie noch immer die vollgeladene Parabellum-Pistole in der Tasche bei sich trug. Sie verschloss die Tasche unauffällig, setzte dabei ihre erprobte Unschuldsmiene auf und starrte danach leise pfeifend an die meterhohe Decke, wo Lampenzylinder hingen, die ein ungemütliches Licht warfen. Elf Minuten nach um Zehn erschien Kommissar Strietzel mit einem entschuldigenden Lächeln und bat die kleine Verspätung zu verzeihen.

„Hier siehts immer noch aus wie ze Ulbrichts Zeiten!", mokierte sich Frau Bähnert.

„Immer noch besser als so ein verwinkelter Mehrzweckbau aus den Siebzigern", entgegnete Kommissar Strietzel und ließ die alte Dame zuvorkommend als erste durch die Panzerglastür ins weitläufige Foyer treten.

„Haben sie das Polizeipräsidium in schlechter Erinnerung?"

„Mei Herbert war nie gut auf de Schießgasse zu sprechen!", sagte Frau Bähnert und ihre Worte hallten nach. „Er hat immer einen großen Bogen um den Kasten gemacht. Een Knast mitten in der Altstadt, mit Mördern drin! Mochte er nicht."

„Ja, eigenartige Zeiten waren das", pflichtete Kommissar Strietzel bei. „Aber seit dem Umbau gibt es das Gefängnis ja nicht mehr. Und, keine Angst, Frau Bähnert. Wir behalten sie schon nicht gleich hier!" Strietzel lachte kurz auf, um das Gesagte als eigenwilligen Scherz zu markieren.

Als sie die breite Treppe in der mondänen Eingangshalle des Polizeipräsidiums nach oben ging, fühlte sich die sonst so furchtlose Witwe klein und verletzlich. Die Macht der Staatsgewalt schien hier überdeutlich spürbar zu sein. Dabei sollte sie doch nur als Zeugin vernommen werden, ging es Frau Bähnert durch den Kopf. Ihre tippeligen Schritte auf den Steinstufen hallten von den Wänden als vielfaches Echo zurück. Aus unerfindlichen Gründen fühlte sie sich in diesen Räumlichkeiten schuldig. Von den breiten Fluren gingen schlichte Türen in die Vernehmungszimmer und Büros ab. Der Kommissar öffnete eine der Türen.

„So, da wären wir. Mein Arbeitsplatz, bitte machen sie es sich bequem!“, forderte Strietzel die alte Dame auf.

„Gemütlich ham sies nich, mein lieber Manfred!“, bemerkte Frau Bähnert enttäuscht. „Dieser vertrocknete Strunk an der kahlen Wand, und dann die vielen Akten auf dem Tisch!“

Das Zimmer zeigte sich tatsächlich nüchtern und ohne persönliche Note. An den Fenstern hingen schlaff Sonnenlamellen aus Kunststoff. An der Wand standen zwei Stühle mit Stahlrohrgestell, an einem braunen Tisch mit Sprelacartplatte ebenfalls. Ein flacher großer Computerbildschirm, die Tastatur, das Telefon sowie links und rechts daneben bedrohlich hoch aufgetürmte graue Ringhefter nahmen einen Großteil der Arbeitsfläche des Kommissars ein.

„Sie machen so ein verwundertes Gesicht! Wie haben sie sich denn die Arbeit eines Polizisten vorgestellt? Mit Ohrensessel und Plüschsofa?“

„Naja, es ist ja nicht meine Arbeit! Ich würde hier verrückt wern! Diese grauen Wände! Früher hing da wenigstens noch der Erich – in bunt!“

„Ach, Frau Bähnert, da hält sich meine Sehnsucht aber sehr in Grenzen. Mit Politikern an der Wand fangen wir die Bösewichter dieser Welt auch nicht schneller!“

„Da hamse ooch wieder recht, Herr Kommissar. Und jetzt schießense los: Was wollnse von mir wissen?“, sagte Ilse Bähnert angriffslustig.

Kommissar Strietzel strich sich über seinen buschigen Schnauzbart, zog die Krawatte fein säuberlich über der stattlichen Rundung seines Bauches glatt und drückte auf einen Knopf des Tischtelefons.

„Frau Schneider, bringen sie uns doch bitte zwei Kaffee … Ja, komplett!“

Frau Bähnert nickte, zufrieden darüber, dass sich der Kommissar ihre Bohnenkaffeevorliebe gemerkt hatte.

„Auf die Eierschecke müssen wir hier allerdings leider verzichten. Ich fürchte, unser Snackautomat spuckt nur die üblichen Fertigkuchen aus der Folie aus. Dürfte eigentlich gar nicht Kuchen genannt werden!“, sagte der Kommissar mit einem Ton des Bedauerns.

„Womit wir beim Thema wären, Herr Kommissar Strietzel“, frohlockte Frau Bähnert.

„Ich verstehe nicht?“

Der Kommissar schaute gespielt ratlos in Richtung der alten Dame, die mit beiden Händen die Griffe ihrer Handtasche umklammert, und diese auf den Schoß gestellt fest an sich drückte.

„Ich bin doch wegen des Mordes am Bäcker Müller hier, oder! Und ich vermute, dass es genau um so was gehen könnte, was sie da grade erwähnt haben!“

„Um Snackautomaten?“, fragte der Kommissar in naivem Tonfall.

„Nee, Herr Kommissar, nicht um de Automaten. Um den Inhalt dor Automaten. Fertigprodukte, massenhaft produzierte Kuchen, abgepackt wie e Riegel. Für de ganze Welt dor gleiche Geschmack!“ Frau Bähnert gab prahlerisch ihr neu erworbenes Wissen um die globale Lebensmittelbranche wieder. „Sie ham mich doch bei unsrem ersten Gespräch in meiner Wohnung selbst drauf gebracht – es geht da um Millionen, was sag ich: Milliarden!“

„Und da, meinen sie nun, hat der Müller also auch mitgemischt, bevor man ihn umbrachte?“, fragte Strietzel amüsiert und hakte nach. „Wie war eigentlich die Kaffeefahrt nach … äh … wo gings noch mal hin?“

„Hirschberg, Riesengebirge“, gab Frau Bähnert wortkarg zur Antwort.

Das Thema war ihr unangenehm und sie spürte, dass sich eine gehörige Schamesröte ihres Gesichtes bemächtigen wollte. Da ging zum Glück die Tür auf und Kommissar Strietzels Sekretärin Frau Schneider brachte den kräftig duftenden Bohnenkaffee herein. Der Kommissar sprang seiner Mitarbeiterin ein paar Schritte entgegen und nahm ihr die dampfenden Tassen dankend ab. „So, bitte, Frau Bähnert! Lassen sie es sich schmecken! Wo waren wir stehen geblieben?“

„Parole: Schneckautomat!“

„Ja, richtig. Aha. Und nun haben sie also Erkenntnisse darüber gewonnen, dass der Mord an Müller etwas mit diesen sogenannten *Convenience-Products* zu tun haben?“

Kommissar Strietzel sprach den englischen Begriff besonders knautschig aus, so dass es in Frau Bähnerts Ohren wie die Worte eines echten Texaners klang. Sie verstand allerdings kein Wort Englisch, was sie sich wie immer nicht im Geringsten anmerken lassen wollte.

„Natürlich, die Können wirjetzt-Produkte, die meine ich!“

Schmunzelnd zog Kommissar Strietzel seine Schublade auf und holte einen der vorhin erwähnten Snackautomaten-Fertigkuchen heraus, noch ungeöffnet. Er legte ihn vor sich auf den freien Fleck der Schreibtischplatte.

„*Convenience-Products* – das ist Englisch, Frau Bähnert. Es heißt auf Deutsch soviel wie Bequemlichkeits-Produkte, also all die Dinge, die für Leute ohne Zeit hergestellt werden. Tiefkühlpizza für gestresste Familien, Mikrowellen-Rouladen für faule Alleinstehende, Konservensuppen für das schnelle Mittagsessen und, und, und“, erklärte der Kommissar und nahm das abgepackte Lebensmittel zur Hand. „Auch dieser verschweißte Teigriegel, der sich unerfreulicherweise Minikuchen oder Minitörtchen nennen darf, ist ein solches Bequemlichkeits-Produkt. Ein Milliardengeschäft, da haben sie völlig recht, Frau Bähnert. Nach dem Motto: Global und brutal ins Regal. Aber unser armer Bäcker Müller? Ich denke inzwischen – auch wenn ich kurz nach dem Mord anderer Meinung war – dass Müller allenfalls zufällig da hineingeraten ist!“

Frau Bähnert hörte aufmerksam zu, was der Kommissar alles zu erzählen wusste. Dass es sich bei den industriellen Fertigprodukten um ein gigantisches weltweites Geschäft drehte, war ihr in den vergangenen Tagen nun schon mehrfach zu Ohren gekommen. Sie schaute den Kommissar irritiert an. „Ham sie denn schon mehr herausgefunden, als in dor Zeitung steht?“, fragte Frau Bähnert. „Sie scheinen ja e profunder Kenner dor Nahrungsmittelindustrie zu sein. Wer ist denn nu Dr. Nu?“

Kommissar Strietzel blickte die alte Dame scharf an und drehte sich zur Seite. Aus dem Stapel neben sich zog er lässig einen Aktenordner, schlug ihn etwa in der Mitte auf und fischte ein kleineres Blatt heraus. Er warf einen Blick darauf. Dann reichte er es an Frau Bähnert weiter. Als sie es sah, rutschte sie fast ohnmächtig vom Stuhl. Es war eine Eins-zu-Eins-Kopie genau des grünen Briefpapierblattes, das der Kommissar in Ilse Bähnerts Wohnung vom Boden aufgehoben hatte und dessen sie sich so schamlos bemächtigt hatte. Der Kommissar drückte erneut auf den Knopf an seinem Telefon und bat seine Sekretärin um einen weiteren Gefallen.

„Frau Schneider, wir bräuchten einen doppelten Wodka! – Nein, nicht für mich. Meine Besucherin hat darum gebeten – oder sie tut es gleich, denke ich!“

Frau Bähnert verschwamm das Bild vor den Augen. Sie hörte die Stimme des Kommissars wie unter einer dicken Taucherglocke. Krampfhaft hielt sie ihre Handtasche fest. Dann kam Frau Schneider mit dem Schnaps, und die alte Dame kam nur langsam wieder zu Verstand.

„Sie – sie haben mir den Zettel absichtlich untergejubelt!“, sagte Frau Bähnert nach Luft schnappend. „Und mich dann – mich arme, alte, unschuldige Frau! – in eene gefährliche Falle loofen lassen!“

„Langsam, langsam, Frau Bähnert! Ganz unbeteiligt waren sie ja nicht! Sie haben uns ja erst auf eine sehr hilfreiche Idee gebracht!“

„Da bin ich aber mal gespannt, sie Schuft!“

„Als ich den Zettel bei ihnen da auf dem Fußboden liegen sah, während ich den Löffel für sie aufhob, da habe ich zunächst tatsächlich gedacht, das Blatt gehöre ihnen und sei ihnen versehentlich heruntergefallen. Doch ich habe den kurzen Augenblick des Aufhebens genutzt, um den Inhalt des Papiers zu lesen: Treffpunkt Kasematten ... Parole Mehltau – es klang so gaunerhaft. Das passte nun gar nicht zu ihnen!"

„Und da hamse mich einfach so gewährn lassen, als ich behauptet hab, der Zettel gehört mir? Eene Gemeinheit!"

„Nun, ich wollte sehen, wie sie reagieren!"

„Sie haben mich fast in mein Unglück rennen lassen, Herr Kommissar!"

„Nicht so schnell mit den Vorwürfen, liebe Frau Bähnert. Es verhielt sich ein wenig anders, als sie vermuten. Denn woher habe ich wohl die Kopie des Zettels, wenn ich das Original nur einmal kurz bei ihnen gesehen habe und sie es danach nicht mehr aus der Hand gegeben haben?"

„Sie werdens mir sicher gleich sagen! Und bitte nochen Schnaps, wenns keene Umstände macht. Gibts oh Nordhäuser?"

Frau Bähnert überspielte ihre Verwirrung nur schlecht. Hatte ihr der Kommissar etwa die ganze Zeit etwas vorgeflunkert? Dabei war sich die alte Dame doch absolut sicher, dass *sie* dem Kommissar etwas vorgegaukelt hatte! Als der Klare kam, kippte Ilse Bähnert ihn auf Ex die trockene Kehle hinunter. Das tat gut.

„Seien sie ein wenig vorsichtig mit dem Alkohol, Frau Bähnert. Ich möchte nicht, dass wir noch die Ausnüchterungszelle für sie frei machen müssen", sagte der Kommissar und fügte lachend hinzu: „War ein Scherz! Ich weiß doch, sie vertragen einiges!"

Das Telefon klingelte in diesem Moment. Wie sich herausstellte, war Strietzels Vorgesetzter, der aufbrausende Hauptkommissar Bücklich-Bömmler am Apparat. Strietzel verzog das Gesicht zu einer abfälligen Grimasse und gab knappe Antworten.

„Ja. Läuft. Keine Sorge. Sind dicht dran. Ja – und schönen Urlaub noch. Vierzig Grad im Schatten, beneidenswert!"

Mit einem Klappern fiel der Hörer wieder aufs Telefon, und Striezel erklärte, dass Bücklich-Bömmler gerade auf Bali angekommen sei. Für den Zeitraum des Urlaubs von Bücklich-Bömmler sei ihm die Leitung der Ermittlungen übertragen worden. Der Hauptkommissar komme erst in anderthalb Wochen zurück.

„Wo hamse denn nu die Kopie meines – äh, also des Zettels hergekriegt? Spannen se mich doch nicht so auf de Folter!“, bohrte Ilse Bähnert.

„Nun, es war so. Ich habe mir die Parole und den Namen des Hotels gemerkt, Mehltau und Elbblick. Dort, im Hotel, habe ich angerufen – und siehe da, das Wörtchen Mehltau öffnete die Sieben Siegel!“, sagte der Kommissar. „Mit der Behauptung, ich hätte die genauen Instruktionen zu dieser Angelegenheit verloren, versicherte mir die Dame an der Rezeption, sie werde es weitergeben. Ich hinterließ eine Tarnnummer eines Polizei-Faxgerätes. Keine halbe Stunde später kam dieses Blatt hier heraus.“

Mit Daumen und Zeigefinger hob der Kommissar die Kopie hoch und lächelte triumphierend.

„Also ist das gar nicht die exakte Kopie meines Zettels?“, stellte Frau Bähnert treffsicher fest.

„Nein, der Verfasser der Nachricht hat zufälligerweise auch die zweite, von mir angeforderte Variante auf ein Notizblatt des Hotels gekritzelt, dazu gleicher Wortlaut, gleicher Kugelschreiber, gleiche Handschrift – nahezu identisch mit ihrem Blatt!“

„Unglaublich! Warum haben sie mir nichts davon gesagt!“, fragte Frau Bähnert echauffiert.

„Haben sie mir denn etwas gesagt, Frau Bähnert? Na also! Bei allem Vertrauen zu ihnen: Ganz ausschließen konnte ich es zu diesem Zeitpunkt ja nicht, dass sie vielleicht doch ein bisschen was mit der Sache zu tun haben könnten. Alte Ermittlerfaustregel: Im nahen Umfeld eines Mordopfers finden sich die Täter in neunzig Prozent aller Fälle.“

Schon wieder verspürte Frau Bähnert in der Kehle ein gewisses Verlangen nach nervenberuhigenden Getränken. Doch sie beließ es vorerst beim Verlangen. „Was wird mir der scheinbar so gutmütig dreinschauende Kommissar noch alles offtischen?“, fragte sie sich in Gedanken. Sie blickte den Kommissar böse an.

„Dann wussten sie bereits alles, bevor ich mich off de Reise zur Festung gemacht hab? Oder glooben sie immer noch an meine Kaffeefahrt nach Schlesien?"

„Nein, Frau Bähnert. Das hatten sie sich zu schön als Ausrede ausgedacht, und ich wollte sie auch eine Weile im Glauben lassen, dass ich es ihnen glaube. Aber von ihrem Ausflug zur Festung wusste ich ab dem Moment, als mir die Dame im Hotel in Königstein sagte, es habe bereits eine ältere Dame angerufen, die sich nach den Kasematten erkundigt habe. Das konnten nur sie gewesen sein, Frau Bähnert. Mir war fast klar, dass sie ihre Neugier nicht zügeln können und nach Königstein aufbrechen. Erinnern sie sich an den freundlichen Schaffner?"

„An een freundlichen Reichsbahner erinnert man sich immer gerne! So selten wie man auf een trifft!"

„Sehen sie, Frau Bähnert: Es war ein Kollege von mir – und kein Bahnmitarbeiter. Während sie nach ihrer Fahrkarte suchten, hat er sie, ohne dass sie es gemerkt haben, mit einem kleinen Sender und mit einem Minimikrofon ausgestattet. Diese Rosenblattbrosche am Mantelkragen!"

„Sie ham mich also verwanzt! Wo leben wir denn! Sind se sicher, dass sie das Honeckerbild an der Wand nicht doch vermissen? Herr Kommissar!", prustete Frau Bähnert in den Raum. „Und dann ooch noch mittels der Rosenblattbrosche meiner blaublütigen Großmutter – ham sie denn gar keen bisschen Anstand?"

„Zu ihrer Sicherheit haben wir das getan! Sie haben nicht auf mich gehört und entgegen meinem Rat die Wohnung verlassen. Also habe ich mir ein paar flankierende Schutzmaßnahmen überlegen müssen!"

„Wers glaubt, wird selig! Aber gut, sie wussten, wo ich bin, sie wussten, mit wem ich mich worüber unterhalte. Sie haben mich in eine unmögliche Situation gebracht!"

„Vergessen sie nicht, Frau Bähnert: Alles haben sie selbst entschieden, das Versteck im Damenklo des Festungsrestaurants, die Idee, in die Faule Magd zu klettern – übrigens ein wirklich filmreifer Einfall! An Mut mangelt es ihnen nicht! Dass die alte Museumskanone für einen Tag auf den

Königstein gebracht wird, war übrigens wirklich ein Zufall! Damit hatte die Polizei nichts zu tun!“

Frau Bähnerts Gefühle wechselten wie die Flugrichtung einer Fledermaus. Auch wenn die Frau kaum glauben mochte, was ihr der Kommissar mit dem vertrauenerweckenden Schnauzbart erzählte, so erschien ihr doch der Fall Schritt für Schritt logischer.

„Wieso ham sie mich denn überhaupt als Mata Hari-Spionin gebraucht?“, fragte Frau Bähnert. „Sie kannten das Hotel, in dem eener dor Gauner wohnte. Es wäre doch nicht so schwer gewesen, auch das Fräulein ausfindig zu machen, dieses Fräulein Mandy.“

„Schon, Frau Bähnert. Haben wir alles schnell rausgekriegt, noch während sie mit Herrn Zieschong zur Festung hochgefahren sind. Wir kannten die Namen: Dr. Nuerlie, der Schweizer, ein wirklich unangreifbarer König in der globalen Lebensmittelbranche, sein russischer Helfer Fjodor Malakoff – und natürlich das Fräulein Mandy!“

Jetzt verstand Frau Bähnert gar nichts mehr. Sie stellte ihre Tasche auf den Boden des Büros und hob ihre Hände schräg nach vorn in die Höhe, so als flehte sie einen Himmelsbewohner an.

„Warum hamse mich dann in dieser engen Kanone allein gelassen? Es hat gestunken, es war kalt. Die Wachen, der Hund – der Haufen!“

„Welcher Haufen?“

„Ach lassen wir das – sie ham mich beinahe umgebracht!“

„Wie gesagt, keiner hat sie zu etwas gezwungen. Es war ihr Einfall – die Kanone, die Lauscherei – alles! Sie wollten besser ermitteln als wir Polizisten, was ihnen, ich gebe es gern zu, teilweise auch gelungen ist!“

„Endlich mal ein bisschen Anerkennung! Wird ja auch Zeit!“

„Die Lorbeeren gehören ihnen! Denn zwar stehen dieser Dr. Nuerlie und seine Machenschaften schon länger im Visier internationaler Ermittler – sie wissen ja, wie er das Land nach uralten oder streng gehüteten Rezepturen abgrast und teilweise bereit ist, Unsummen für deren illegale Beschaffung zu bezahlen. Aber es fehlten Beweise!"

„Und die hab ich ihnen geliefert? Als ich in dor Kanone hockte? Jetzt müssen sie aber endlich alles rausrücken! Ich bin eene alte Frau, und ich will diesen Planeten nicht dumm verlassen."

„Das Gespräch, dass Dr. Nuerlies Helfer, dieser Fjodor Malakoff, mit Fräulein Mandy geführt hat, das haben wir über Funk mitgehört. Sie, liebe Frau Bähnert, waren ja dankenswerterweise dicht genug dran an den beiden! Und das kleine Mikrofon hat tadellos funktioniert!"

„Ich beginne zu verstehen!", sagte Frau Bähnert. Sie stand auf, um den Rest der Geschichte zu vervollständigen. „Die Informationen aus dem Gespräch haben ihnen gereicht, um die beeden Gauner festzunehmen! Und Nuerlie haben sie auch drangekriegt, hoffe ich!"

„Ihn selbst leider nicht. Wir haben vorerst seine Handlanger, ihm ist weiterhin nichts Belastbares vorzuwerfen – seine Helfer nehmen alle Schuld auf sich und streiten vehement ab, dass der Schweizer irgend etwas mit der Sache zu tun haben könnte. Dr. Nuerlie ist heute Morgen zurück in die Schweiz nach Zürich geflogen."

„Immerhin, de Helfershelfer haben wir! Mühsam ernährt sich das Eichhörnchen", versuchte Frau Bähnert zu scherzen. Ihre Laune besserte sich langsam. „Eene Frage habe ich noch! Wieso ham sie mich nicht gleich nach dem nächtlichen Gespräch befreit und mir n Banner dor Arbeit verliehen? Hab ich doch verdient!"

„Eines nach dem anderen", unterbrach Strietzel die Euphorie der alten Dame. „Gute Frage – warum haben wir sie nicht sofort aus ihrer Lage befreit? Nun, der Funkkontakt zu ihrem Minisender brach plötzlich ab, wahrscheinlich der Wetterumschwung in der Nacht!"

Frau Bähnert hatte plötzlich wieder die Bilder vor Augen, wie sie aus der Kanone klettern wollte und wie ihr dabei aus der Geschützmündung die vergoldete Brosche nach unten in den Hundehaufen gefallen war – ganz offenbar mitsamt des Stecknadelmikrofons der Polizei.

„Ihre Wanze hat jedenfalls e würdiges Grab gefunden", erklärte Frau Bähnert vielsagend. „Leider liegt meine Brosche da ooch mit drin!"

„Das tut mir leid, Frau Bähnert. Aber ich weiß bis heute nicht, wie sie die Festung verlassen haben und wie sie nach Dresden zurückgekommen sind – wir haben lückenlos Straßenkontrollpunkte errichtet, selbst die Wasserschutzpolizei hat jedes Boot auf der Elbe kontrolliert!"

„Tja, Trick siebzehn, Herr Kommissar! Ooch eene Dame braucht ihre Geheimnisse im Leben! Und de Polizei muss nicht alles wissen!"

„Wie sie meinen, Frau Bähnert. Jedenfalls habe ich ununterbrochen versucht sie zu erreichen – die ganze Nacht hindurch! Aber sie haben ja kein Handy, leider! In Heinz Zieschongs Pension hat niemand abgenommen. Erst bei ihrer Freundin Traudel hatte ich Glück! Den Rest der Geschichte kennen sie ja."

Die Tür zu Kommissar Strietzels Zimmer wurde geöffnet, und Frau Schneider fragte, ob es noch Spirituosen irgendwelcher Art bedürfe. Mit einem scheelen Blick musterte sie Frau Bähnert, deren Nasenspitze nach dem Schnapskonsum rot zu leuchten begonnen hatte. Frau Bähnert spürte den Argwohn und fragte, ob sie einen Kamillentee bekommen könne. Kommissar Strietzel trat ans Fenster und schaute hinaus in den tristen Dresdner Mittagshimmel.

„Es wartet noch eine unangenehme Aufgabe auf sie", sagte Strietzel und strich sich bedächtig über den Bart. „Wir würden gern bei einer Gegenüberstellung mit Stimmprobe die mutmaßlichen Täter identifizieren, wenn sie so freundlich wären."

„Die stehen aber doch hoffentlich hinter soner Glasscheibe, ohne dass die mich sehen können?", fragte Frau Bähnert mit ängstlichem Ton.

„Keine Bange, wir sind sehr modern ausgerüstet", sagte der Kommissar, setzte sich an den Schreibtisch, hob den Hörer ab, wählte eine Nummer und ließ die Gegenüberstellung vorbereiten.

„Wir wären jetzt so weit für die Gegenüberstellung. Lassen sie einige Untersuchungshäftlinge und ein paar Polizeikollegen in zivil mit in die Reihe stellen.“

Mit einem flauen Gefühl im Magen folgte Frau Bähnert dem Kommissar über den breiten, langen Flur zu dem Raum, in dem sie gleich den Russen und das Fräulein Mandy zu Gesicht bekommen sollte. Sie kamen in ein Zimmer mit einer großen dunklen Trennglasscheibe zum Nachbarkabuff. Dort schaltete jemand das Licht ein und elf Männer und Frauen standen mit ausdrucksloser Miene in einer Reihe. Frau Bähnert erkannte außer Malakoff niemanden. Seine finstere Visage war ihr seit dem ersten kurzen Kennenlernen auf dem Festungsplateau nicht mehr aus dem Sinn gegangen. Sie zeigte mit dem Finger auf ihn.

„Das ist dor Kuchenrusse – Malakoff!“, sagte sie.

Außerdem kam ihr das Gesicht einer jungen Dame irgendwoher bekannt vor.

„Wo habe ich diese roten Haare schon mal gesehen?“, überlegte sie.

„Na, erkennen sie Fräulein Mandy nicht wieder – sie müssten ihr schon häufiger einmal begegnet sein?“, half der Kommissar der alten Dame auf die Sprünge.

Da fiel es ihr plötzlich wie Schuppen von den Augen.

„Nu glor, dieser auffallende rote Pagenschnitt. Das ist de Aushilfe vom Bäcker Müller! So een Miststück, hinterhältiges.“ Frau Bähnert verlor die Contenance.

„Nur ruhig, Frau Bähnert – wir haben die Übeltäterin ja dingfest machen können! Mandy Lorenz heißt die Dame. Aushilfsverkäuferin bei etlichen Bäckern und Konditormeistern der Stadt, zuletzt auch bei der Bäckerei Müller. Sie hat für Dr. Nuerlie eine ganze Reihe von Rezepten und Betriebsgeheimnissen beschafft!“

„Meins hat die Tusnelda Gott sei Dank nicht gefunden!“, sagte Frau Bähnert leise.

„Ja, sie haben Glück gehabt. Den Einbruch in ihre Wohnung hat Fräulein Mandy inzwischen gestanden. Es war schließlich die logische Erklärung für mich, wie der Zettel aus dem Hotel *Elbblick*, mit dem Treffpunkt und mit der Parole, in ihre Küche gelangen konnte?", sagte der Kommissar.

„Wie man sich doch in diesen jungen Dingern täuschen kann. So ein hübsches Kind eigentlich!"

„Man hat noch selten einem Menschen die Untaten an der Nasenspitze angesehen! Tippen sie doch mal, wer von denen ein Bankräuber ist – einer ist mit dabei in der Reihe!"

Frau Bähnert musterte jedes der Männergesichter hinter der Glasscheibe. Sie waren alle zwischen vierzig und fünfzig Jahre alt. Der eine hatte einen schmalen Bart unter der Nase, der andere fiel durch vier Ohrringe und einen rasierten Schädel auf. Frau Bähnert tippte auf den Kerl mit den Tätowierungen am Arm und dem zum Zopf gebunden, langen Haar.

„Der sieht schon so aus, so e richtiger Gammler und Taugenichts! Stimmts, Herr Kommissar, das isser?"

„Das ist unser Mann aus der Spurensicherung, verheiratet, drei Kinder, einer der Zuverlässigsten!" Kommissar Strietzel fühlte sich bestätigt in seiner Vermutung in Bezug auf die Unerkennbarkeit menschlicher Charaktere. „Der Bankräuber ist der Herr da drüben, mit dem vollen dunklen Haar und den blauen Augen."

„Nich zu fassen! Dem hätte ich sogar mein Sparbuch anvertraut!"

Zurück in Strietzels Büro stand schon der Kamillentee an Frau Bähnerts Platz, gedankenverloren griff sie nach dem verschweißten Kuchenriegel, öffnete, biss ab und spuckte den ersten Happen sofort wieder aus.

„Grauenhaft! Schmeckt ja wie feuchte Wellpappe mit Teeerfüllung! Ich plädiere auf lebenslänglich! Wer so was unter die Leute bringt, der gehört ..." Frau Bähnert verstummte und ersparte sich den Rest des Satzes.

Der Kommissar schmunzelte, legte den Ordner zurück, aus dem er vorhin das verblüffende Papier mit der Parole gezogen hatte. Seine Gesichtszüge wurden wieder ernst. Er stützte die Ellbogen auf die Tischplatte und atmete tief ein und wieder aus.

„Leider ist der Fall damit alles andere als gelöst! Wir haben zwar zwei Täter gefasst, aber mit dem Mord haben die beiden wahrscheinlich nichts, aber auch gar nichts zu tun!"

Frau Bähnert horchte auf. Sie schob den Kamillentee beiseite und schaute auf den mit Arbeitsunterlagen übersäten Tisch des Kommissars.

„Aber steht denn nicht *Dr. Nu* für *Dr. Nuerlie.* Er hätte doch allen Grund gehabt, den Bäcker abzumurksen. Dor Müller hat die Diebin überrascht – und die hat ihn kaltblütig erdrosselt, damit der Schwindel nich offfliegt?"

„Eben nicht, Frau Bähnert! Alle haben ein hieb- und stichfestes Alibi. Fräulein Mandy ebenso wie der Russe Malakoff – und Dr. Nuerlie selbst natürlich auch!"

„Und um welches Alibi handelt es sich? Die lügen doch wie gedruckt, diese Halunken!"

„Der Schweizer und sein russischer Helfer weilten beide in der Dresdner Nachtbar *Flax*, von kurz vor Mitternacht bis morgens gegen fünf Uhr. Und die beiden haben einen Zeugen, bei dem es schwierig ist, an der Glaubwürdigkeit zu deuteln. Ich war nicht schlecht erstaunt, als sie ihn bei der Vernehmung anführten!"

„Na, im Flax gehn se doch alle ein und aus, die Kleenen und die Großen. Vielleicht wars der Ministerpräsident, der den beiden das Alibi verschafft?", fragte Frau Bähnert.

„Nein, ganz so delikat nicht", wehrte Strietzel ab. „Unser Bücklich-Bömmler hat die beiden gesehen, drei Stunden bevor er an den Tatort gerufen wurde. Sogar einen Champagner habe ihm der Nuerlie spendiert – außerdienstlich, wie er sagt. Er war ja noch ganz aufgedreht, unser lieber Hauptkommissar – sie erinnern sich!"

„Und ob ich mich erinnere an diesen offgeplusterten Gockel – sie entschuldigen, Herr Strietzel. Allerdings, wenn der direkt aus dor Nachtbar kam, dann war der tadellos gekleidet, ihr Vorgesetzter! Wie ers auch immer angestellt hat. Nun – fehlt noch das Fräulein Mandy. Für mich noch immer eene Hauptverdächtige für den Mord! Wie lautet denn der ihr Alibi?“

„Ach ja, das Fräulein Mandy haben wir in der Tatnacht um drei Uhr morgens geblitzt – auf der B 172 zwischen Bad Schandau und Schmilka.“ Strietzel zog aus dem Aktenstapel eine dünne Mappe heraus und fischte das schwarzweiße Beweisfoto hervor. „Sehen sie, sie lächelt sogar. Zu diesem Zeitpunkt muss sie die Rezepte schon gestohlen haben und war wohl auf dem Weg zu einem neuen Opfer. Hier!“ Der Kommissar zeigte auf eine helle Stelle auf dem Beifahrersitz. „Wir haben das vergrößern lassen: Es sind tatsächlich handgeschriebene Kuchenrezepturen. Sie muss schon halb zwei Uhr in der Dresdner Bäckerei Müller gewesen sein, kurz bevor der Chef seine Schicht begann – die Schlüssel zur Backstube hatte sie selbstverständlich, obwohl sie nur Aushilfsverkäuferin war.“

Frau Bähnert schaute wie ein Luchs auf das Bild. Doch ihr fiel nichts anderes auf als dem Kommissar. Der Zeitstempel auf dem Blitzfoto zeigte genau 2:58 Uhr.

„Wie können sie so sicher sein, Herr Kommissar“, fragte Frau Bähnert, „dass sie nicht beim Verlassen der Backstube überrascht wurde und den Bäcker in Panik aus dem Weg geräumt hat?“

„Erstens trat der Tod durch Ersticken genau um die Zeit ein, also gegen drei Uhr, plus minus 15 Minuten, als die Dame in der Sächsischen Schweiz fotografiert wurde. Kann also schlecht machbar gewesen sein – in Dresden einen Bäcker erwürgen und gleichzeitig kurz vor Schmilka in eine Radarfalle rasen. Eine Zwillingsschwester hat sie jedenfalls nicht!“

„Und zweetens?“, hakte Frau Bähnert nach.

„Zweitens wird sie kaum den Schriftzug Dr. Nu am Tatort hinterlassen haben. Sie stand auf der Honorarliste des Schweizers, da dürfte sie wohl kein Interesse daran haben, in die Hand zu beißen, die sie füttert.“

„Vielleicht hat der Nuerlie den Schriftzug als Marotte

von seinen Vasallen verlangt, als Abschreckung für die anderen. Diesem Schweizer muss man doch ooch alles zutrauen inzwischen. Wer künstlichen Kuchen in Folie einschweißt, der frisst doch ooch kleene Kinder!", rief die alte Dame.

„Eben nicht! Der feine Herr Dr. Nuerlie will sich wertvolle Patente sichern, unsere Bäcker damit um ihre Pfründe bringen. Aber er geht, nach allem, was wir wissen, nicht über Leichen. Er ist Schweizer, verstehen sie! Keine körperliche Gewalt! Er braucht die Bäcker schließlich, sie sollen ihm ja die Backmischungen und Fertigkuchen später wieder abkaufen, die er in großem Stil nach ihren originalen Rezepten produziert!"

„Hamse wohl recht, Herr Strietzel. So e ausgefuchster Bandit", bemerkte die alte Dame. „Das heißt aber doch: Wenn Dr. Nuerlie nicht Dr. Nu ist, dann läuft Dr. Nu weiter unerkannt herum?"

„Ich fürchte, genau das heißt es! Wer sich auch immer hinter Dr. Nu versteckt."

„So ein Griebel!", zischte Frau Bähnert. „Und – was schlagen sie jetzt vor, Herr Strietzel?"

Frau Bähnert beugte sich mit angriffslustigem Gesicht in die Richtung des Kommissars. Sie zog ihr Kleid straff über den Schoß. Die bisherigen Abenteuer schienen ihr nicht zu genügen. Kommissar Strietzel hob abwehrend die Hände und schaute beschwichtigend auf die tatendurstige Frau in seinem Zimmer.

„Ich bitte sie inständig, Frau Bähnert! Gehen sie ab sofort allen Gefahren aus dem Weg! Sie haben uns mit ihrer Eigenmächtigkeit zwar geholfen – aber das muss eine absolute Ausnahme bleiben. Die Presse darf sowieso nichts davon erfahren. Nicht einmal Hauptkommissar Bücklich-Bömmler war eingeweiht, was unser verdecktes Engagement auf der Festung Königstein anging!"

„Sehnse Herr Strietzel, dann passen sie nur auf, dass es keiner der Presse erzählt und dass jeder gegenüber dem Bocklich-Baumler dichthält – nicht dass ihr schöner Posten dann futsch ist!", sagte Frau Bähnert.

Sie blickte triumphierend zu Strietzel, der in der Klemme zu stecken schien. Er bekam Frau Bähnert als selbsternannte Detektivin offenbar nicht so schnell wieder los. Er zog die Schublade auf und kramte etwas hervor.

„Frau Bähnert, sie sind schwerer unter Kontrolle zu halten als ein Sack Flöhe, ich weiß. Wenn sie schon nicht hören wollen, dann nehmen sie wenigstens das hier!“

Der Kommissar schob der Dame eine handliche silbergraue Pistole mit langem Lauf über den Tisch. Frau Bähnert wollte ihren Augen kaum trauen.

„Herr Kommissar, sie wollen mir doch nicht etwa eine –“, sie wagte es in gespielter Überraschung nicht auszusprechen, was sie sah.

„Täuschend echt, nicht wahr?“, Strietzel hob das Schießeisen mit der rechten Hand vom Tisch auf und zielte auf Frau Bähnert.

„Sindse verrückt geworden?“, sagte sie stockend.

Ohne eine Miene zu verziehen, drückte Strietzel auf den Abzug. Es piepste kurz. Dann klingelte die Hosentasche des Kommissars.

„Es ist eine Pistolenattrappe aus China“, begann der Ermittler zu erklären. „Eine maßgetreue Kopie einer Parabellum-Pistole aus den dreißiger Jahren! Na, Frau Bähnert, werden sie nicht kennen die Marke. Ein Amtskollege aus Peking hat sie mir neulich als Gastgeschenk mitgebracht. Das Geheimnis daran: Im Inneren versteckt sich ein Handy. Sie drücken auf den Abzug und automatisch wird eine Nummer ihrer Wahl angefunkt.“

Verblüfft stand Frau Bähnert von ihrem Stuhl auf und trat näher an den Schreibtisch heran, um das Wunderding aus der Nähe zu begutachten. Es hätte aus einem James-Bond-Film stammen können. Die Waffe ähnelte tatsächlich bis aufs i-Tüpfelchen dem Pistolenoriginal, das Frau Bähnert in ihrer Tasche trug. Selbst das Gewicht stimmte in etwa überein. Mit Kennermiene wog sie die Handy-Parabellum-Pistole in der flachen Hand ab.

„Die wollnse mir doch nicht etwa schenken für treue

Ermittlerdienste, Herr Kommissar!“ Sie zwinkerte wie ein kokettierendes Mädchen mit den Augen.

„Sie brauchen gar nicht so komisch mit den Augen klappern, Frau Bähnert. Sie bekommen dieses Handy ganz offiziell von mir – geliehen! Nehmen sie den Ballermann mal zur Hand: Hier ist der Abzug, draufdrücken, ja, genauso – kurz warten – und schon wird meine Nummer gewählt!“

Strietzels Telefon klingelte erneut. Er holte es aus der Hosentasche, drückte auf einen Knopf, um das Gespräch anzunehmen, ging ins Nebenzimmer und schloss die Tür hinter sich. Aus der Pistole in ihrer Hand hörte Frau Bähnert die Stimme Strietzels.

„Hallo, können sie mich hören?“, sagte der Kommissar.

Frau Bähnert richtete die Pistole direkt auf ihren Mund und schaute in den täuschend echt wirkenden Lauf.

„Ich höre sie gut!“, sagte Frau Bähnert laut. „So, als wärn sie direkt im Nebenzimmer!“ Die Dame schmunzelte.

Der Kommissar kam wieder herein, schob den Kasten seines Schreibtischs zu, aus dem er die chinesische Wunderwaffe entnommen hatte. Er setzte sich erleichtert wieder in seinen Drehsessel.

„Es ist nur zu meiner Beruhigung, Frau Bähnert. Es wird mir wohler ergehen, wenn ich das nächste Mal weiß, wo sie gerade in die Bredouille geraten. Legen sie es aber lieber nicht mehr auf eine brenzlige Situation an, tun sie mir bitte den Gefallen!“

Feierlich steckte Frau Bähnert die getürkte Parabellum neben die echte Parabellum in ihrer großen roten Tasche und warf einen prüfend skeptischen Blick darauf.

„Das kann ja heiter werden“, dachte sie. „Die kann ich doch jetzt schon nicht mehr auseinanderhalten!“

Kommissar Strietzel begleitete Frau Bähnert noch bis zum Ausgang des Polizeipräsidiums und wünschte ihr einen geruhsamen Abend.

KAPITEL 8

Der Abend auf dem Schloss

Sperrangelweit standen alle Türen des großen Kleiderschrankes offen. Sämtliche neun Leuchterkerzen erhellten das Schlafzimmer. Im Sekundentakt flogen Kleidungsstücke aus dem Schrank aufs Bett. Dort türmten sich Röcke, Kleider, Kostümjacken und Jäckchen, Mäntel und Tücher. Frau Bähnert suchte und fluchte.

„Den Fummel hier hat mir de Opitzen geschenkt!", rief es entrüstet aus dem Kleiderschrank. „Bei Neckermann drei Nummern zu klein bestellt und zu feige, es wieder zurückzuschicken. Mir passts natürlich! Bin ooch nicht so fett wie die Opitzen. Aber ich ziehs nicht an! Kann doch de Opitzen danach fragen, bis sie schwarz wird – wenn se Gassi geht mit ihrer kleenen Töle!"

Nach einer halben Stunde ununterbrochener Wühlerei schien es so, als hätte Frau Bähnert endlich die geeignete Garderobe gefunden: Ein dunkelrotes festliches Kleid, welches sie extra für den FDGB-Winterurlaubs 1964 in Oberhof gekauft hatte.

„Ooch, was ich mich da mit meinem Herbert beim abendlichen Baudenabend gedreht hab auf der Tanzfläche", erinnerte sich Ilse. „Und der Herbert Roth wollte gar nicht wieder offhörn mit seinem Rennsteiglied. War doch herrlich, damals." Ilse begann zu singen.

Diesen Weg auf den Höhn bin ich oft gegangen,
Vöglein sangen Lieder.
Bin ich weit in der Welt, habe ich Verlangen,
Thüringer Wald nur nach dir.

Trällernd bürstete sie mit geübten Handgriffen das Mottenpulver aus dem knitterarmen und formbeständigen Stoff des Malimokleides, das noch immer wie neu aussah.

„Malimo – Zeichen für Güte und technischen Fortschritt", intonierte Frau Bähnert den legendären Werbespruch aus den verheißungsvollen Sechzigern. „Der Ulbricht hat sich doch gar nicht mehr eingekriegt, als er auf der Leipziger Messe gerufen hat: Malimo siegt!"

Die Dame schlüpfte unter feinem Rascheln in das Kleid, und es passte noch immer wie angegossen, so als hätte sie es gerade in der HO anprobiert und eingekauft.

„Gutes bleibt beständig“, murmelte Frau Bähnert beglückt.

Sie schloss den Reißverschluss. Es ratschte fast unhörbar. Mit spitzen Fingern zupfte sie die verbliebenen Fusseln weg und zog den Stoff glatt.

„Malimo – e Gefühl wie damals“, ging es ihr durch den Kopf. „Malimo macht mich wieder jung!“

Sie tänzelte wie eine neunzehnjährige Elevin aus der Palucca-Schule vor dem Spiegel der Kleiderschranktür. Eine Frischverliebte hätte sich kaum mehr freuen können auf den bevorstehenden Empfang auf Schloss Albrechtsberg. Ihr Begleiter Heinz musste jeden Moment klingeln, wenn er pünktlich sein wollte.

„Wo ist mein Lippenstift?“, rief Frau Bähnert und schaute entschuldigend zu ihrem Herbert. „Du hast es ja nicht so gemocht, wenn ich dir mit dem roten Mund einen Fleck auf die Wangen gemacht habe. Verschmiert bloß den Hemdkragen, hast du gemeckert. Ach, Herbert!“

Eine Minute vor dem vereinbarten Termin schellte die Türklingel. Frau Bähnert durchsuchte gerade das Schminkköfferchen und warf längst vergessen geglaubte Fingernagellacke und Abdeckpuder auf die Glasplatte der Kommode. Endlich fand sie den Lippenstift und außerdem ihren Cajalstift und zog sich damit ihre Augenbrauen nach.

„Konnten mir uns doch damals gar nicht leisten“, erinnerte sich Frau Bähnert, während sie mit der Spitze des kleinen Fingers vorsichtig das überschüssige Schwarz entlang der Braue wegtupfte. „Een angekohltes Zündholz hats aber ooch getan – und gekostet hats gar nichts. Wir warn doch erfinderisch!“

Es klingelte stürmisch. Frau Bähnert erbarmte sich. Sie ging zur Tür und ließ Heinz Zieschong herein. Er trug einen edlen dunklen Dreiteiler mit feinem Nadelstreifen, eine weiße Fliege und aus der Brusttasche lugte wieder sein rotes Tüchlein. Er brachte den Duft der weiten Welt mit ins Zimmer. Es roch nach Moschus.

„Mensch, sie ham sich ja offgedonnert, mein lieber

Heinz! Als wollten sie zur Hochzeit gehen, als Bräutigam", plautzte sie heraus. „Und der Duft – mmh, Oddogolonsch! Sie schnuppern ja wie das komplette Erdgeschoss vom Kaufhaus in dor Prager Straße!"

Heinz bedankte sich für das Kompliment und blickte auf Frau Bähnert. Sie hatte sich nicht minder in Schale geworfen. Das rote Kleid strahlte unter der Flurlampe, ihr Gesicht wirkte um Jahre jünger, und an den Füßen glänzten schwarze Lackschuhe mit halbhohem Absatz. Der Besucher zeigte sich verblüfft.

„Als gäbe es eine zwanzig Jahre jüngere Schwester von ihnen, die mich jetzt gerade begrüßt! Frau Bähnert, Kompliment – das Kleid steht ihnen wunderbar. Ich bin entzückt!"

„Na, nun kriegen sie sich mal wieder ein, mein lieber Zieschong" sagte Frau Bähnert. „Wir geben schon e recht hübsches Pärchen ab. Es scheint mir jedenfalls angemessener, mit ihnen off den Empfang zu gehen, als mit ihrem verluderten Bruder. Also der Günther hat ja so gar nichts von ihnen, von ihrer Ausstrahlung. Wie der immer rumgeloofen ist die letzten zwanzig Jahre – mit dor Bierflasche in der Hand, die abgewetzte Monteursjacke und dieser abgegriffene Speckdeckel, sei Hut! Also da habe ich mich schon manchmal geschämt neben ihm, so sehr wir mitunter eener Meinung warn über Gott und de Welt, ihr Bruder und ich."

Frau Bähnert schaute auf die Uhr und erschrak, denn sie hatten nur noch zehn Minuten, um pünktlich am Schloss einzutreffen. Sie eilte durch alle Räume, um das Licht auszuschalten. Dann schnappte sie sich ihren besten Mantel – ein Erbstück von der Mutter – dessen Kragen ein Fuchsfell säumte. Die Schnauze des Fuchses hing der Dame über die rechte Brust.

„Keene Zeit verlieren, wir müssen fast schon fliegen, wenn wir nicht ungebührlich zu spät eintreffen wollen", rief Ilse.

„Keine Sorge, Frau Bähnert. Mein kleiner Flitzer steht gleich unten vor der Haustür. Motor läuft!"

Mit hastigen Bewegungen sperrte Frau Bähnert ihre Tür ab und klebte wieder, wie schon am Vormittag, ein Härchen als geheime Plombe über die Türritze.

„Sie ham das Auto vor der Tür geparkt, mit laufendem Motor? Da wird der Koslowskie aus der Dritten wieder meckern. Stellt sei Rollator mitten in Hausflur – aber wenn mal eener das Auto vor der Tür parkt, dann holt der sofort de Polizei", ereiferte sich die Dame und zischte flüsternd in Richtung Heinz Zieschong: „Der Koslowskie war doch ooch bei dor Stasi. Seitdem die nicht mehr ist, spielt der hier im Haus weiter den Spitzel!"

Das Paar eilte die Stufen hinunter. Als sie auf die dunkle Straße in den Lichtkegel der Laterne traten, öffnete sich oben im dritten Stock das Fenster und Koslowskie beugte sich im weißen Feinrippunterhemd heraus.

„Ich stoppe die Zeit, Frau Bähnert. Parkverbot! Heißt: Nur kurzes Be- und Entladen, Straßenverkehrsordnung, wenn sie das kennen sollten. Fünf Minuten scheinen mir sehr viel mehr als zulässig! Fünf Minuten – zwölf, dreizehn, vierzehn. Die Uhr tickt, Frau Bähnert – sagen sie das ihrem Galan!"

Konzentriert schaute die alte Dame hinab auf das Pflaster, um sich zu sammeln, während in ihr die kalte Wut aufstieg. Dann reckte sie den Kopf hoch zu Koslowskies Fenster und hob die rechte Hand, den Zeigefinger in Richtung des Rentners ausgestreckt.

„Solche wie sie", schrie sie hinauf, „die hab ich gefressen. Wenn sie keenem hinterherspionieren können, dann fehlt ihnen wahrscheinlich was. Sie alter Spitzelspion!"

Dann sprang sie flugs, ohne eine Antwort Koslowskies abzuwarten, in den roten Skoda Felicia Cabrio mit geschlossenem Verdeck, und die beiden rasten reifenquietschend davon. Ein Blumentopf, der ihnen hinterhergeworfen wurde, schlug ins Leere.

„So ein alter Wichtigtuer, der Koslowskie", schimpfte Frau Bähnert noch, als sie durch das geöffnete große schmiedeeiserne Tor hinein in den Park von Schloss Albrechtsburg fuhren.

Trotz der Novembertemperaturen sprudelte der mondäne Springbrunnen, der auf der zentralen Achse vom Parktor zum Schloss lag. Flackernde Fackeln säumten den Weg vom Tor zum Schloss, und ein schwarz uniformierter Diener mit glitzerndem Lametta an der Brust wies Herrn Zieschong auf einen kleinen Parkplatz. Über die beiden leicht ansteigenden Pflasterwege links und rechts schritten die festlich gekleideten Gäste zügigen Schrittes hinauf zum Schloss, vorbei an dem rauschenden Springbrunnen.

Der Bau entstammte der Zeit Prinz Albrechts von Preußen, der Mitte des neunzehnten Jahrhunderts mit seiner zweiten Frau, Rosalie Gräfin von Hohenau, außerhalb seines Landes Wohnsitz nehmen musste, weil sie einem zu niederen Stand angehörte. Ein Schüler des berühmten Architekten Schinkel, der preußische Hofbaumeister Adolf Lohse, entwarf das Schloss für Dresden. Der Klassizismus bestimmte gerade noch so die Mode, und so erhob sich das Schloss bald als großer praktischer Quader mit Anklängen der griechischen und römischen Antike.

Links und recht auf dem Schlossgebäude streckten sich zwei viereckige Türme in den Himmel, auf denen zwei schwarzgelbe Fahnen mit dem Wappen der Stadt Dresden flatterten. Im Jahr 1925 hatten die Stadtväter das Bauwerk von Prinz Albrechts Sohn abgekauft, der es wegen enormer Spielschulden dringend versilbern musste. Dann folgte eine wechselvolle Geschichte des Bauwerks und seines weitläufigen Areals – es wurde nacheinander Bürgerpark, Standort einer SA-Reiterstaffel, Kinderheim mit Luftschutzkeller. Als der Zweite Weltkrieg vorbei war, verkaufte die Stadt Schloss Albrechtsberg an die Russen, worauf es zum Hotel umgestaltet wurde. Dann veräußerten es die Russen wieder zurück – und der erste Pionierpalast der DDR entstand. Die Sowjetunion lieferte das Beispiel dafür. Das Schloss nannte sich in den Fünfzigern Pionierpalast *Walter Ulbricht*, später nur noch Pionierpalast.

Frau Bähnert kannte die Geschichte des Schlosses fast so gut wie ihr eigenes Leben. Denn obwohl sie nie Jungpionierin gewesen war – die Ungnade der frühen Geburt verhinderte es – so hatte sie doch das eine oder andere Mal mit im Schloss geholfen, wenn beispielsweise das Manöver Schneeflocke für die künftigen sozialistischen Friedenskämpfer organisiert wurde. Oder damals beim Pioniertreffen, als sie die längste Wimpelkette der RGW-Staaten knüpfte und deshalb für einen Sommer Ehrenmitglied der Pionierorganisation *Ernst Thälmann* wurde.

„Nu rennen sie doch nicht so", rief die betagte Witwe außer Puste geratend ihrem Begleiter hinterher. „Eine alte Frau is keen Interzitti."

„Kommen sie, Frau Bähnert, wir müssen uns beeilen, ich höre schon die Streicher, wie sie ihre Instrumente stimmen", antwortete Heinz Zieschong.

In der Tat wehte der Wind die zarte Geräuschkulisse eines kleinen Orchesters in den Park hinaus. Frau Bähnert straffte ihr Tempo, um nicht den Beginn des kleinen Konzertes zu versäumen. Am Schlossportal empfingen junge Damen die Gäste, die hier Frau Bähnert und ihren Begleiter nicht etwa schnöde zurückwiesen, wie noch auf der Festung Königstein, sondern mit ausgewiesener Höflichkeit, einem altmodischen Knicks und einem Glas prickelnden Rotkäppchensektes willkommen hießen. Frau Bähnert prostete Heinz Zieschong zu und nahm einen kräftigen Schluck aus der Schaumweinflöte.

„Ooch, das ist ein Genuss! Rotkäppchen … was ham mir den bei unsern Frauentagsfeiern weggesüffelt – und vor allem der Mokkasekt", begann die alte Dame zu schwärmen. „Aber naja, schmeckt ooch ohne Frauentag noch gut! Is noch e Gläschen vakant, junge Dame?"

Der Wunsch wurde erfüllt, und Heinz Zieschong half Frau Bähnert galant aus dem Mantel. Das um den Mantelkragen gelegte Fuchsfell hatte beim Eintreten in die marmorne Eingangshalle des Schlosses einige erstaunte Blicke auf sich gezogen. Frau Bähnert genoss es, und ihr Blut geriet angenehm in Wallung. Sie spürte, wie gern sie manchmal im Mittelpunkt stand. Die beiden gingen die Treppe hinauf in die *Beletage* des Schlosses, wo der Kronensaal bereits voller Menschen war. Sie murmelten angeregt, und das Gemurmel mischte sich mit den Streichern, die an den großen alten Fenstern zur Elbe hin Platz genommen hatten und eifrig die Saiten von Violine, Bratsche, Violoncellio und Kontrabass justierten. Fast als letzte der Besucher nahmen Frau Bähnert und ihr Begleiter Platz. Dann begann der Empfang auch schon. Mozarts Kleine Nachtmusik erklang, und die musikalische Witwe summte leise mit. Die neben ihr sitzenden Gäste schauten pikiert, und Heinz Zieschong ermahnte Frau Bähnert mit einem sachten Stoß in die Rippen, worauf das Summen verstummte und die Musiker sehr gut allein weiterspielten.

Frau Bähnert ließ ihren scharfen Blick über die Hinterköpfe des versammelten Publikums schweifen, erkannte aber ohne das zugehörige Gesicht keinen der Gäste. Der Kronensaal strahlte in einem cremegelben Licht, das von den schweren perlmuttfarbenen Samtvorhängen an den hohen Bogenfenstern hinter den Musikern sanft reflektiert wurde. Von oben strahlte der riesige vielflammige Leuchter sowohl an die mit Gipskringeln überreich verzierte und mit Gold besetzte Stuckdecke wie auch hinüber zu den Wänden, an denen meterhohe Spiegel im Goldrahmen angebracht waren.

In einem der Spiegel entdeckte Frau Bähnert das Gesicht einer ihr sehr gut bekannten Person. Es handelte sich um Roswitha Müller, die Witwe des Bäckers. Unauffällig versuchte sich die alte Dame in die Höhe zu recken, um zu erkennen, wer neben der Bäckerin saß. Doch ein Herr mit einer tellergroßen schweißglänzenden Glatze verdeckte die Sicht. Flüsternd teilte sie Heinz Zieschong die Entdeckung mit.

„Was willn de Müllern hier? Der ihr Mann ist noch nicht mal unter dor Erde – und schon wieder hoch de Tassen! Pietätlos!", sagte Frau Bähnert und ihre Flüsterstimme wurde zum Ende hin immer lauter.

Gestört von dem Getuschel, drehten sich etliche der Gäste um und schüttelten entweder mit böser Miene den

Kopf oder legten den rechten Zeigefinger senkrecht über ihre Lippen. Abermals ließ sich Frau Bähnert zur Ordnung rufen, sie schaute auf ihre Uhr und wartete ungeduldig mit den Füßen trappelnd darauf, dass die Musiker endlich den Schlussakkord setzten. Als dies geschehen war, klatschten die etwa 150 Leute pflichtschuldig und erhoben sich einer nach dem anderen aus den knarrenden Stühlen. Frau Bähnert wollte sich unbemerkt der Witwe des ermordeten Bäckers nähern, da bat ein stämmiger Mann mit grauen Locken um Ruhe. Er stellte sich als Veranstalter des Abends vor.

„Meine Damen und Herren!“, rief der Herr mit seinen wippenden Haaren in den Kronensaal. „Ich freue mich außerordentlich, dass so viele unserer Einladung gefolgt sind. Sie wissen, dass in einigen Tagen unsere Meisterschaft um den besten Eierscheckebäcker oder die beste Eierscheckebäckerin stattfindet. Als Preis haben die Stadt und die Bäckerinnung eintausend Euro, einen Lorbeerkranz und den Eintrag ins Goldene Buch der Stadt ausgelobt. Lernen sie sich heute bitte ungezwungen kennen, liebe Hobbybäcker – und vielleicht geben ihnen die zahlreich anwesenden Profis aus unseren Bäckereien und Konditoreien ja noch Tipps.“

Einzelne Gäste honorierten die Worte des Herrn mit Applaus. Die anderen strebten ungeduldig den Nebenzimmern zu – dem wegen seiner purpurnen Tapeten so genannten Roten Salon und dem Blauen Salon, wo einst die Gräfin wohnte. Dort waren unter beeindruckenden Ölmalereien aus dem neunzehnten Jahrhundert reichhaltige Büfetts aufgebaut. Neben den üblichen dampfenden Fleischpfannen und duftenden Suppenterrinen, hinter den gegrillten Krabbenschwänzen und marinierten Brathähnchenflügeln entdeckte Frau Bähnert auch ein gemeinsam von verschiedenen Bäckern der Stadt gestaltetes Kuchenbüfett. Allerdings sah sie dort nicht etwa die köstlichen Eierschecken und Bäben und Schneewittchenkuchen und Schweinsohren und Prasselkuchen auf weißen Servietten unter einer Glashaube. Dort lagen vielmehr in grellfarbenen Plastfolien verschweißte Fertigkuchen. Frau Bähnert trat mit verächtlichem Blick näher. Sie nahm eines der bunten knisternden Päckchen, in etwa so groß wie eine Fernsehfernbedienung, und beschaute es fassungslos von allen Seiten.

Auf der Vorderseite prangte in roten altdeutschen Buchstaben über einem gelbstichigen Lebensmittelfoto die Schrift:

Original Sächsischer Marmor-Rührkuchen in Scheiben

Etwas kleiner war darunter gedruckt:

Für unterwegs und als Pausensnack

Diese Bezeichnung wiederholte sich in fünf Sprachen. Auf Englisch hieß das Produkt offenkundig:

Original Saxony Marble effect spong cake slices

Unter der Miniaturflagge der Niederlande stand auf Holländisch:

Origineel Saksische marmerkoek

Frau Bähnert verspürte ein aufkommendes Unwohlsein. Unter größten Anstrengungen, was ihre Sehkraft betraf, versuchte sie die in fliegenschisskleiner Schrift gedruckte Zutatenliste zu entziffern. Zucker, Eier und Weizenmehl kamen ihr noch recht bekannt vor. Den restlichen weitaus größeren Teil der mikroskopisch klein gedruckten Liste murmelte sie radebrechend vor sich hin.

„Sorbit und Glyzerin, Reisquellmehl, Natriumacetat, Diphosphate und Natriumcarbonate, Mono- und Diglyzeride“, las Frau Bähnert.

Ganz am Ende entdeckte sie den eigenartigen Satz:

Dieses Produkt kann Spuren von Zucker, Eiweiß und Weizen enthalten!

Sie atmete tief ein.

„Ja, was denn sonst? Es ist ein Rührkuchen!“, rief sie aufgebracht.

Die Stimme versagte ihr. Sie riss das Päckchen zittrig auf, und schon mit dem ersten vorsichtigen Schnuppern glaubte sie, eine Büchse Hobbyplast zu öffnen, wie es ihr Herbert früher immer für seine Bastel- und Ausbesserungsarbeiten am Trabant benutzt hatte. Die alte Dame spürte das Bedürfnis, sich auf einen Stuhl zu setzen, doch sie fand keinen in ihrer Nähe.

„Herr Zieschong, wo sind se denn bloß?“, rief Frau Bähnert kraftlos.

Der Gestank aus der Folie, in dem der Plastikkuchen steckte, wurde immer stärker.

„Mir wird schlecht“, stammelte die alte Dame und sank ohnmächtig in die Arme von Heinz Zieschong, der sich gerade noch rechtzeitig, vom Wurstbüfett kommend und mit vollen Backen kauend, neben seine Bekannte gesellt hatte.

„Ist ihnen nicht gut, Frau Bähnert?“, fragte er aufgeregt. „Soll ich einen Arzt rufen?“

„Nee danke, e rischtscher Bäcker würde mir schon reichen!“, antwortete Frau Bähnert schwach, aus ihrer kleinen Bewusstlosigkeit erwachend. „Dieser Kuchen ist das pure Gift! Wirkt sofort! Und damit machen die ooch noch Millionen!“

Herr Zieschong richtete Frau Bähnert wieder auf die Beine, tupfte ihre Stirn mit einer Serviette ab, die er zuvor in das Eiswasser des Sektkühlers getaucht hatte.

„Jetzt beruhigen sie sich doch erst einmal, liebe Frau Bähnert. Darüber hatten wir doch schon ausführlich gesprochen!“, sagte Heinz Zieschong, nahm ihr das aufgerissene Päckchen aus der Hand und legte es zurück zu den anderen Plasthüllen, auf denen, ebenfalls in fünf Fremdsprachen, Bezeichnungen standen wie:

Original Sächsische Eierschecke
Original Sächsischer Prasselkuchen
Original Leipziger Lerchen

Als Logo leuchtete auf jeder der Packungen das Signet von Dr. Nuerlie. Auch Herrn Zieschong lief es heiß und kalt den Rücken herunter, als er es sah und wiedererkannte.

Rings um das Plastikkuchenbüfett hatte sich unterdessen eine Menschentraube gebildet. Fotografen schossen Bilder, Kameraleute schwenkten von einem Ende des Tisches zum anderen, und Journalisten kritzelten eifrig ihre Blöcke voll.

In der Menge stand auch Entrich, der Reporter mit der Whiskeystimme. Seine grelle rote Wattejacke, auf dem der einprägsam kurze Name seines Blattes stand, hatte er für diesen Abend gegen ein ungebügeltes Jackett eingetauscht. Seine Augen glänzten.

Um Frau Bähnert vor dem Pulk zu retten, zog sie Herr Zieschong zur Seite, ein wenig ins Abseits von der Meute. Kaum hatten die beiden dort, hinter den anderen, ihren Platz gefunden, trat der grau gelockte Gastgeber in den Halbkreis vor dem Plastikkuchenbüfett und begann, eine kurze Rede zu halten.

„Premierenzeit, meine sehr verehrten Damen und Herren! Premierenzeit! Der ihnen wohlbekannte Nahrungsmittelunternehmer Dr. Nuerlie aus der Schweiz hat sich soeben Patente für die berühmtesten sächsischen Kuchensorten gesichert und produziert sie nun im großen Stil, global, für die ganze Welt! Wir dürfen heute die ersten Kuchen aus der Serie probieren!“

Die Gäste, die um den Tisch mit den Plastikkuchen standen, begannen mit ihrem Applaus, doch der grau gelockte Herr wehrte ab, weil er noch etwas sagen wollte.

„Herr Dr. Nuerlie lässt sie alle ganz herzlich grüßen, und er lässt seinen Dank ausrichten dafür, dass sie ihm die Erlaubnis für die Produktion erteilt haben.“

Vereinzelt brummelte es dumpf in den Reihen der Gäste. Nicht alle schienen dem zuzustimmen, was der Graugelockte eben behauptet hatte. Er verdoppelte sein breites Lächeln und fuhr fort.

„Einige von ihnen haben Dr. Nuerlie in den vergangenen Tagen beim Kongress auf der Festung Königstein kennenlernen und erleben können. Eine phantastische Persönlichkeit! Bescheiden und doch zielstrebig. Leider musste er – und das soll ich ihnen in seinem Auftrag ebenfalls mitteilen – wegen dringender Geschäfte Deutschland schon verlassen! Er wäre sonst gern heute Abend hier gewesen! Und nun: Guten Appetit, greifen sie zu! Es sind sächsische Kuchen, wie sie sie noch nie gegessen haben.“

Der Impressario machte mit seinem Arm eine Geste über den Tisch.

„Sollte es nicht reichen, wir haben noch etliche Kartons im Keller stehen."

Er griff sich selbst eine der Kuchenpackungen, riss sie auf und biss tapfer, nur leicht das Gesicht verziehend, hinein und kaute darauf wie auf einem Löschblatt herum. Die anderen Gäste taten es ihm nach und lobten unter hörbar vorgetäuschten Lauten angeblichen Wohlgeschmacks die neuartigen Retortenkuchen aus dem Hause *Dr. Nuerlie.*

Frau Bähnert verschlug es die Sprache. Sie tippte Herrn Zieschong auf die Schulter und bedeutete ihm, ihr in einen abgelegenen Nebenraum zu folgen. Das Gewimmel im Kronensaal und im Blauen Salon ausnutzend, fanden die beiden ein kleines Zimmer, in dem es angenehm nach frisch gewaschener Wäsche roch. In den dunklen Wandschränken lagerten die gestärkten Tischtücher und die Tischservietten. Frau Bähnert kannte das Zimmer noch aus den Zeiten, als das Schloss Pionierpalast war.

„Herr Zieschong, wissen se, was ich gloobe?", fragte Frau Bähnert, als sie die Tür hinter sich abgeschlossen hatten.

„Wie soll ich das wissen? Erzählen sie schon!", entgegnete Heinz Zieschong. Er machte ein Gesicht, als würde er die ganze Aufregung der alten Dame nicht verstehen wollen.

„Ich gloobe, die meisten Bäcker sind nicht nur um ihre Rezepte gebracht worden – dieser Dr. Nuerlie hatte sich wahrscheinlich längst Kopien von den gestohlnen Aufzeichnungen gemacht, als die Polizei seine Handlanger, den Russen und Fräulein Mandy, schnappte. Nein, er hatte die Namen und Rezepte schon angemeldet, als er noch gar nicht im Besitz der Unterlagen und Unterschriften war! Er hat eiskalt gepokert – und leider gewonnen, wie es aussieht!"

„Frau Bähnert, sie mögen recht haben. Aber denken sie nicht auch, dass das alles eine Nummer zu groß für sie ist! Hier geht es um Konzerne, um Weltwirtschaft! Frau Bähnert, lassen sie die Finger davon! Ich wollte ihnen auch etwas Wichtiges mitteilen!"

„Na dann, schießen sie los", sagte Frau Bähnert, „wir sind hier ungestört."

„Ich habe herausbekommen, dass Malakoff, dieser Russe –", Heinz Zieschong konnte nicht weiterreden, weil Frau Bähnert dazwischen ging.

„Weiß ich doch alles! Malakoff ist verhaftet und ihr feiner Dr. Nuerlie hat sich rechtzeitig aus dem Staub gemacht. Seine Rechnung an sie hat er hoffentlich bezahlt!"

„Mehr als das", antwortete Heinz Zieschong mit bebender Stimme. „Bei 7000 Franken bin ich schwach geworden und habe ihm auch noch alle restlichen Kuchenrezepte meiner Großmutter verkauft. Wenn ich doch nur geahnt hätte, dass er sie für diese ekelhaften Synthetikkuchen da draußen missbraucht."

Gerade wollte die alte Dame aufspringen und Herrn Zieschong die Leviten lesen, da klapperte in dem nur durch eine dünne Gipskartonwand getrennten Nebenraum die Tür.

„Pscht", machte Frau Bähnert und griff instinktiv in ihre Tasche, um die Parabellum-Pistole zu umfassen.

Sie näherte sich der Gipskartonwand und legte ihr Ohr an. Herr Zieschong tat das Gleiche. Im Nebenzimmer befanden sich offenbar zwei Personen. Sie redeten mit leiser Stimme, aber sie flüsterten nicht. Frau Bähnert erkannte sofort die eine wie auch die andere Stimme.

„Das is de Müllern", formte Frau Bähnert sichtbar mit den Lippen, „und dor Gränzel. Dor Gränzel!"

Frau Bähnert wurde noch unruhiger und drückte ihr Ohr so kräftig es ging gegen die Wand, um jedes Wort zu verstehen. Mit beiden Händen und den Unterarmen stützte sie sich gegen den trennenden Gipskarton ab.

„Hör zu Horst, ich halte es nicht mehr aus, wir müssen verschwinden", sagte Frau Müller.

„Roswitha, habe noch ein paar Wochen Geduld, nach Weihnachten zahlt die Versicherung! Wer bis Weihnachten nicht wieder da ist, wird für tot erklärt! So lange müssen wir aushalten!", sagte Horst Gränzel, der seit einigen Tagen spurlos verschwundene Konditormeister aus dem

Café Toscana. „Bis dahin halte ich hier in dieser Kammer noch aus – es ist warm, die Versorgung klappt auch ganz gut! Und suchen wird mich hier definitiv keiner, in einer Kammer für Tischdecken!"

„Ich habe Angst, Horst! Die Kripo kommt jeden Tag, und sie fragen seit gestern so eigenartige Sachen – ob es nicht sein könne, dass ich zum Zeitpunkt des Todes auch in der Backstube war!", raunte Roswitha Müller.

„Aber es gibt doch diese Spur zu Dr. Nu – sie haben Dr. Nuerlie im Auge, glaube mir, er hatte schließlich allen Grund, einen Bäcker um die Ecke zu bringen", sagte Gränzel.

„Ja, so war der Plan – aber die Polizei hat die Handlanger geschnappt, auch unser Fräulein Mandy. Im Radio heißt es, sie hat die Rezepte geklaut, aber einen Mord leugnet sie kategorisch. Sie können ihr nichts nachweisen, sie hat ein Alibi. Sie wurde hinter Bad Schandau mit ihrem Mini geblitzt – genau in dem Augenblick, als mein Mann starb", sagte Frau Müller.

„Das heißt, der ganze Plan fällt in sich zusammen?", fragte Gränzel entmutigt.

„Es sieht ganz danach aus, fürchte ich", antwortete Frau Müller.

„Die Versicherung wird die Versicherungssumme nicht für mich auszahlen", sagte Gränzel feststellend. „Und die Polizei sucht so lange nach dem Mörder, bis sie ihn gefunden haben. Karibik ade!"

„Ich denke, wir sitzen ziemlich in der Tinte", pflichtete Roswitha Müller bei.

In dieser Sekunde rumorte und polterte es. Die Gipskartonwand löste sich aus ihrer provisorischen Schraubhalterung und Frau Bähnert und Heinz Zieschong krachten mit voller Wucht direkt vor die Füße von Roswitha Müller und Horst Gränzel. Es staubte. Zu Tode erschrocken starrten der Konditormeister und die Bäckerwitwe auf die beiden Gestalten – auf eine alte Dame im leuchtend roten Malimokleid mit einer großen Handtasche und auf einen piekfein gekleideten Herrn mit seidenem Einstecktuch.

„Was ... was machen sie hier?“, fragte Gränzel, der nicht gleich erkannte, um wen es sich da auf dem Fußboden handelte. „Horst, ich wusste es geht nicht gut!“, sagte Roswitha Müller.

Die beiden gefallenen Lauscher rappelten sich auf. Frau Bähnert zog, während sie sich an einem Schränkchen abstützte, die Parabellum-Pistole aus der Tasche und zielte in Richtung der beiden. Herr Zieschong stellte sich Schutz suchend hinter die alte Dame.

„Damit ham sie wohl nicht gerechnet – Frau Müller! – Herr Gränzel!“, sagte Ilse Bähnert forsch und unerschrocken. „Zugegeben: Ooch ich habe es mir bis heute Abend nicht vorstellen können, was da in dieser Nacht bei ihnen in der Backstube vor sich gegangen ist! Aber jetzt ham sie mir e kleen wenig dabei geholfen, es endlich rauszubekommen.“

„Frau Bähnert, sie?“, fragte Roswitha Müller und blickte mit weit aufgerissenen Augen, als sähe sie gerade den Geist eines nach vielen Jahren wieder auferstandenen Toten.

„Wir können über alles reden, Frau Bähnert!“, meldete sich Gränzel zu Wort, der die unglaubliche Situation schnell erfasste und nun einen unblutigen Ausweg suchte. „Sie sind eine reizende Dame – wir haben uns doch immer verstanden. Und wenn ich ihre Rente ein bisschen aufbessere, das würde ihnen sicher nicht missfallen. Oder, Frau Bähnert!“

„Gränzel, bei Mord hört die Freundschaft off! Merken sie sich das! Ich werde ihnen jetzt einmal sagen, was passiert ist in dieser Nacht in der Backstube von Bäckermeister Müller – und ich glaube, sie stecken beide mit beiden Beinen ziemlich tief drin im Schlamassel!“, sagte Frau Bähnert mit lauter kräftiger Stimme.

„Frau Bähnert, wäre es nicht vernünftiger, jetzt die Polizei zu rufen!“, warf Heinz Zieschong ein, der seinen weltgewandten Habitus gänzlich verloren hatte und wie ein ängstlicher Schuljunge hinter den schmalen Schultern von Ilse Bähnert ein Versteck suchte.

„Die Polizei wird rechtzeitig eintreffen, mein lieber Heinz, keene Bange. Doch ein Geständnis würde ich gern mit eigenen Ohren von diesen beiden Halunken hören!“

„Frau Bähnert, eintausend Euro extra im Monat – und Kaffeegedeck frei Haus, lebenslang zugesichert!“, versuchte es Gränzel noch einmal mit einem Bestechungsangebot.

„Lassen sie ihre jämmerlichen Versuche, sich freizukaufen. Sie haben seit langer Zeit ein Techtelmechtel mit Frau Müller!“, begann Frau Bähnert ihre These zu entwickeln. „Frau Müller, die treusorgende Bäckergattin, und Herr Gränzel, der erfolgreiche Konditormeister – eine heimliche Liebschaft hinter dem Rücken von dem armen Bäcker Müller. Ihrm angetrauten Ehemann, Frau Müller!“

„Na und, wir leben in modernen Zeiten, Frau Bähnert“, versetzte Frau Müller trotzig. „Kann sein, dass das in ihrer Zeit anders war – aber Frauen und Männer dürfen sich heutzutage auch mal neu verlieben!“

„Ich brauche keene Ratschläge, Frau Müller. In Liebesdingen kenn ich alle Facetten, die dor liebe Gott oder de Partei sich so ausgedacht ham – das werfe ich ihnen nicht vor! Aber einen Mord! Keine Liebe der Welt rechtfertigt eenen Mord, glooben sie mir das!“, rief Frau Bähnert mit lauter Stimme.

„Ich will mich nicht einmischen“, sagte Heinz Zieschong kleinlaut aus seiner Deckung heraus, „aber mir wäre wohler, wenn wir hier abbrechen und einen anderen Weg finden, die beiden einer möglichen Strafe zuzuführen, wenn sie es denn waren!“

„Die warn es, die beeden! Mein lieber Zieschong, da können se Gift drauf nehmen. Apropos Gift!“, fuhr Frau Bähnert mit ihrer Anklage fort. „Sie beeden beschlossen eines Tages, nicht nur ihr heimliches Liebesglück zu genießen, sondern auch den Herrn Müller auszuschalten.“

„Ha, warum hätten wir das tun sollen? Eine heimliche Liebesbeziehung, wie sie Roswitha und ich eingingen, verhilft zu einer viel größeren Leidenschaft, als es eine Ehe vermag“, sagte Gränzel spitzfindig. „Außerdem hat Roswithas Mann nichts mitbekommen, niemals!“

„Hat er eben doch!“, sagte Frau Bähnert mit fester Stimme. „Als Dr. Nuerlie über seinen Konzern damit begann, den Bäckern bedrohliche Briefe zu schreiben, um ihnen ihre kostbaren Rezepte abzuluchsen, da ham sie sich weigern wollen – sie Herr Gränzel und auch ihr Mann, Frau Müller. Soweit so gut!“ Frau Bähnert blickte mit erhabener Miene auf die Szenerie.

Gränzel hielt Frau Müller beschützend im Arm, die Pistole der alten Dame war somit weiter direkt auf beide gleichzeitig gerichtet.

„Eines Tages aber“, so Frau Bähnert, „schickte Dr. Nuerlie oder einer seiner Vasallen einen Brief ans Café Toscana, een Brief, mit dem sie, Gränzel, erpresst wurden: Entweder die Rezepte komplett und kostenlos rausrücken – oder andernfalls erfährt dor Bäckermeister Müller, dass seine Frau mit ihnen, Gränzel, fremdgeht!“

„Woher haben sie das denn nun schon wieder, Frau Bähnert“, erkundigte sich Heinz Zieschong neugierig.

„Ich habe mich am Vormittag nach dem Mord bei Herrn Gränzel im Café Toscana offgehalten, alles wie immer – Bohnenkaffee, Holländerschnitte, das volle Programm – herrlich. Herr Gränzel tat sehr überrascht, als er von dem Tod seines Kollegen erfuhr! Dann aber raste er weg mit seinem Auto – und ich ging ans Telefon im Café.“

„Wieso gehen sie an mein Telefon, Frau Bähnert!“, fragte Gränzel mit schneidender Stimme.

„Es war niemand im Raum – und ich wollte ihnen helfen, Herr Gränzel – falls es ein wichtiger Kunde gewesen wäre. Ich nahm also ab – und da forderte eine Stimme, dass ich eene Telefonnummer notieren soll. Um die aufzuschreiben, mopste ich mir dafür een Briefumschlag, der neben dor Kasse lag, und steckte ihn in meine Tasche. Ihnen wollte ich den Umschlag mit der Telefonnummer geben, sobald sie zurückkommen. Aber sie kamen nicht!“

„Lassen sie mich raten!“, sagte Gränzel. „Es war der Umschlag mit dem Brief, in dem Nuerlies Leute mir mit der

Enthüllung meiner heimlichen Liebe drohten – und mich damit gnadenlos erpressten."

„So ist es, Herr Gränzel", pflichtete Frau Bähnert bei. „Zugegeben, ich habe den Umschlag in meiner Tasche vergessen und erst heute Nachmittag wiedergefunden, als ich meine Handtasche für den Schlossempfang entrümpelte. Da seh ich den Umschlag mit der Telefonnummer und bemerke, dass noch ein Brief drin steckt – es war tatsächlich der Erpresserbrief!"

„Sie sind gescheiter, als ich vermuten konnte", sagte Gränzel.

Roswitha Müller, die noch tiefer in seinen Arm gesunken war, begann zu schluchzen. Frau Bähnert fuhr unbeirrt fort.

„Also reifte der Entschluss bei ihnen, den störenden Bäckermeister für immer ausm Verkehr zu ziehen. Denn ihre Rezepte wollten sie nicht hergeben, Herr Gränzel, und ihre vertuschte Liebe sollte nicht offfliesсhen. Also, warum nicht ein klitzekleiner Mord – das Problem wäre aus der Welt gewesen!"

„Und wer von uns beiden war es ihrer Meinung nach, oder haben wir ihn beide – na sagen wir erdrosselt?" fragte Gränzel.

Ihm schien nun alles egal. Er spielte förmlich mit Frau Bähnert und lauerte auf eine Gelegenheit, sich doch noch aus der anhaltenden Bedrohung durch die Parabellum-Pistole zu befreien.

„Sie warns, Gränzel! Doch de Frau Müller hat ihnen maßgeblich daderbei geholfen." Frau Bähnert blickte abwechselnd Frau Müller und Herrn Gränzel an.

„Versetzen mir uns eenfach mal in de Tatnacht, so gedanklich. Wie immer beginnt dor Bäcker Müller seine Arbeit um zwee Uhr in dor Frühe. Als er de Backstube betritt, bemerkt er plötzlich, dass das Versteck für de Familienrezepturen offgebrochen ist und die Unterlagen fehln. Da ruft er seine Ehefrau, also sie, Frau Müller. Sie komm sofort in de Backstube – und da beginnen sie off eenmal, in aller Eile, een tödlichen Plan zu schmieden."

Roswitha Müller schnäuzte sich in das Hemd von Gränzel. Sie weinte.

„Ich wollte nicht, dass er stirbt!", schluchzte sie.

„So isses oft bei uns Frauen!", sagte Frau Bähnert. „Mir wolln nicht, dass genau das eintritt, woran wir maßgeblich beteiligt sind! Hörnse also off zu heuln! Ihr mörderischer Plan lautete wie folgt: Sie rufen den Gränzel an, ihrn heemlichen Loffer, um ihn zu sich zu bitten. Daderfür müssen sie sich in dieser Nacht nichemal vor ihrm Mann verstecken – denn ihr Gatte ist schließlich e guter Kollege vom Gränzel. Also, nichts weiter als freundschaftliche nächtliche Kollegenhilfe, um zusammen een Dieb zu schnappen. Als dor Gränzel gegen halb drei Uhr morgens klingelt, lässt ihn dor Herr Bäcker Müller erwartungsvoll rein. Dann zeigt er dem Gränzel umgehend de offgebrochne Stahltüre. Sie, Frau Müller, suchen derweil hektisch nach eener geeigneten Tatwaffe, und weil mir Frauen ungerne laute oder blutige Morde begehen, mit Schüssen und Stichen und sowas, greifen sie zu eem weißen Handtuch. Dor Gränzel erledigt den Rest, ich schätze so gegen drei Uhr in der Nacht!"

Frau Bähnert schaute die beiden scharf an und vollendete ihre brillante Mordtheorie.

„Um nich nur de eigenen Spuren zu verwischen – sie tragen ja Gummihandschuhe, die heute in jedem Lebensmittelbetrieb dazugehören –, sondern auch ganz andere in den Verdacht zu ziehen, kommen sie auf e Kürzel – das Kürzel Dr. Nu. Von Nu zu Nuerlie isses ja schließlich nicht weit – irgendewann würde de Polizei schon off de Spuren von dem Rezepträuber kommen – und fast wäre de Fräulein Mandy ooch noch als de mutmaßliche Mörderin zur Anklagebank geführt worden, wenn dor Blitzer nicht gewesen wäre. Gut ausgedacht, der Plan – ich habs nich gleich rausgefunden." Frau Bähnert lächelte fein.

„Ist diese komische Pistole überhaupt geladen?", fragte Gränzel frech. „Wissen sie was: Ich glaube sie bluffen nur. Ha, wenn sie sich sehen könnten! Ist doch lächerlich, eine alte Frau wie sie – und dann eine Knarre! Was tun sie, wenn wir jetzt seelenruhig hier herausspazieren, Frau Bähnert? Komm Roswitha!"

„Bleiben sie, wo se sind, Gränzel", rief die alte Dame, allerdings mit einem Tick von Unsicherheit in der Stimme, und sie sah, wie sich Gränzel mit Frau Müller langsam zur Tür bewegte.

Den Überraschungseffekt nutzte Gränzel blitzschnell aus. Er ließ Roswitha Müller sanft auf den Boden sinken, griff Frau Bähnert kräftig in den Arm und entriss ihr mit ganzer Manneskraft die Pistole.

„So, Frau Bähnert. Jetzt alles auf Anfang!" Gränzel richtete die Mündung auf die alte Dame und half mit der linken Hand seiner Geliebten auf die Beine.

„Sie, Frau Bähnert, gehen jetzt mit diesem Herrn da zum Fenster!" Er winkte mit dem Pistolenlauf Heinz Zieschong aus seinem Versteck heraus. Der wollte sich gerade unter einem Tischdeckenstapel unsichtbar machen. Ängstlich folgte Herr Zieschong den Anweisungen.

„Öffnen sie das Fenster und steigen sie beide auf das Fensterbrett! Los – bisschen dalli!", befahl Gränzel.

Stumm und wie ferngesteuert befolgten Frau Bähnert und Herr Zieschong die Anweisungen. Von draußen wehte kalte Luft herein. Das Fenster war in Richtung Elbhang gerichtet. Den Blick zum Fluss hinunter ins Tal trübten vorbeiziehende Nebelschleier.

„Ich zähle jetzt bis drei – dann springen sie. Beide! Oder ..." Gränzel entsicherte die Parabellum, „... ich schieße sie da runter!"

Frau Bähnert stand im Fenster und sah in die ungemütliche Nacht hinaus. „Das wars also", dachte sie. „An einem Novemberabend kurz vor dem Advent – einfach so weg vom Fenster!" Sie griff die Hand von Heinz Zieschong, dessen gesamter Körper schlotterte.

„Eins – zwei", zählte Gränzel. Er stand einen halben Meter hinter den beiden Unglücksraben, die Mündung der Pistole auf ihre Rücken gerichtet: „Drei!"

Heinz Zieschong kniff die Augen zu und versuchte sich vom Fensterbrett abzustoßen – doch Frau Bähnert hielt ihn in letzter Sekunde fest. „Sie müssen uns schon erschießen!", rief sie entschlossen. „Den Gefallen tun wir ihnen nicht, als Selbstmörder aus ihrem verkorksten Leben zu verschwinden!"

„Wie sie wollen!", sagte Gränzel und drückte ohne mit der Wimper zu zucken ab.

Von draußen vor der Tür drang dumpf das Klingeln eines Handys herein.

„Frau Bähnert, sind sie da drin?"

Es klopfte und mit einem wuchtigen Stoß öffnete Kommissar Strietzel die Tür in die Wäschekammer. Roswitha Müller kauerte ängstlich auf dem abgetretenen Parkett. Konditor Gränzel betrachtete fassungslos die Parabellum in seiner Hand. Es war das famose Pistolenhandy aus China.

„Nützliches kleenes Spielzeug, das se mir da anvertraut haben", begrüßte Frau Bähnert erleichtert den Kommissar. „Und wenn sie Dr. Nu suchen – hier sind die beeden Schurken!" Frau Bähnert zeigte auf Frau Müller und Gränzel.

Der Kommissar gab einen Wink an seine Polizeikollegen, die in Mannschaftsstärke vor der Wäschekammer postiert waren.

„Nehmen sie die beiden fest! Herrn Gränzel wegen Mordverdachts, Frau Müller wegen dringenden Verdachts auf Beihilfe zum Mord", sagte Strietzel.

Er rückte sein Jackett über dem dicken Bauch zurecht. Dann kratzte er sich an seinem buschigen Schnauzbart und schaute zu Frau Bähnert, die sich von Heinz Zieschong die Handtasche reichen ließ, um eine Puderdose hervorzuholen.

„Frau Bähnert, ich habe sie gewarnt!", begann der Kommissar seine Standpauke. „Keine Ermittlungen mehr auf eigene Faust! Hatte ich gesagt. Sie haben diesmal auch ihren Herrn Zieschong in ungeheure Gefahr gebracht."

Frau Bähnert schaute mit Unschuldsmiene auf den Kommissar und auf die Polizisten, die Frau Müller und Gränzel klirrend die Handschellen anlegten.

„Diesmal wollte ich wirklich nur e schönen Abend mit Herrn Zieschong verbringen! Aber dieses forschdbare Gebäck von dem Dr. Nuerlie – ich hab es an dem Büfett nicht mehr ausgehalten. Es war Flucht! Flucht in de Wäschekammer! Alles andere, was dann passierte, war reener Zufall!"

Frau Bähnert tupfte sich die Nase und die Wangen, um den Schweißglanz auf dem Gesicht abzutönen.

„Na, ist ja noch mal alles gut gegangen!", sagte der Kommissar erschöpft. „Meine Kollegen vom Personenschutz hatten sie zwar den ganzen Abend im Auge. Dann aber waren sie plötzlich verschwunden – sie können von Glück reden, dass ich gerade hier stand, als Gränzel die Pistolenattrappe betätigte." Kommissar Strietzel zwinkerte Frau Bähnert ihr zu.

Vor der geöffneten Tür der Wäschekammer brach Unruhe aus. Blitzlichter zuckten, ein Kamerateam schwenkte seinen grellen Scheinwerfer in das kleine Kabuff, in dem Frau Bähnert, Herr Zieschong und Kommissar Strietzel beieinander standen. Der Reporter mit der Whiskeystimme drängte sich zur Tür rein.

„Entrich mein Name, von der Zeitung. Sie haben gerade Dr. Nu geschnappt, stimmt das tatsächlich?", fragte er Frau Bähnert. An seinem zerknitterten Hemd klebte noch ein kleines Stück von Dr. Nuerlies Fertigkuchen.

„Schreiben sie lieber, wie ungenießbar der Kuchen da draußen am Büfett ist", schnitt Frau Bähnert dem Journalisten das Wort ab. „Das andere erzählt ihnen am besten der Kommissar Strietzel."

Der wollte sich gerade in seiner besonnenen und unaufgeregten Art an die Presseleute wenden und einige erste Worte verlieren, da fuhr ein Wind in seinen Schnurrbart und Frau Bähnert hielt ihr Malimokleid fest, damit es nicht aufbauschte. Irgendeiner musste ein zusätzliches Fenster oder eine große Tür aufgerissen haben. Es zog ein eigenartiger Wind durchs ganze Schloss. Wenige Augenblicke später drängte sich jemand durch die Reportertraube.

Wie aus dem Nichts tauchte Bücklich-Bömmler auf.

Der Hauptkommissar war braun gebrannt und in der tadellosen Gelfrisur leuchteten blonde Farbsträhnchen. Er schaute von oben herab auf seinen Kommissar.

„Strietzel!“, tönte Bücklich-Bömmler. „Habe soeben meinen Urlaub abgebrochen, Bali adieu – scheint ja alles drunter und drüber zu gehen hier, wenn ich mal ein paar Minuten nicht da bin! Muss eben alles selber erledigen! Und diese alte Frau schon wieder – was macht die hier am Tatort.“

Mit der nur ihm eigenen Art, das Interesse einer bestimmten Öffentlichkeit auf sich zu ziehen, postierte sich Bücklich-Bömmler vor den wartenden Journalisten.

„Meine Damen und Herren!“, sagte er. „Ich darf ihnen heute Abend überglücklich mitteilen, dass ich den Fall um den mysteriösen Dr. Nu geknackt habe. Ah, da sehe ich schon einige Fragen – immer der Reihe nach – Herr Entrich, bitte!“

Die einsetzenden Blitzlichtgeräusche überdeckten die Whiskeystimme. Frau Bähnert zog Heinz Zieschong hinter sich her über die eingestürzte Gipskartonwand in die andere Wäschekammer, durch deren Tür sie ungehindert den turbulenten Schauplatz verlassen konnten. Sie stibitzten sich noch eine Flasche Rotkäppchen aus dem Sektkühler und zwei Schaumweinflöten, liefen durch die kühle Luft entlang der Fackeln zum Auto. Dort köpfte Frau Bähnert das Getränk und beide leerten zufrieden die prickelnde Brause. Draußen fuhren mehrere Grüne Minnas vorbei, und das Blaulicht strahlte blinkend die alten Bäume im Schlosspark an.

KAPITEL 9
Frau Bähnerts Geheimnis

Der große grüne Lorbeerkranz hing unter Herberts Bild in der Wohnstube. Die Goldschleife trug Ilse Bähnerts Namenszug, und daneben waren das Datum und die Platzierung bei der Eierscheckemeisterschaft eingetragen. Die alte Dame tänzelte um die Auszeichnung herum. Sie sang *Freude schöner Götterfunken.* Das Telefon klingelte.

„Danke, dankeschön", rief Frau Bähnert. „Ja, der erste Platz. Ist es nicht herrlich! So, ich muss jetzt Schluss machen. Nachher kommt doch gleich dor Manfred – für dich natürlich dor Herr Kommissar Strietzel ... Ja, mir sind jetzt per Du ... Habe ihn doch zur Siegerschecke eingeladen ... Nein ... Ja, hebe ein Stück auf ... Machs gut, Traudel!"

Den Kaffeetisch zierten die feinsten Meissner Tassen und die allerfeinsten Meissner Teller, die Frau Bähnert besaß. Das filigrane Kuchenbesteck hatte sie extra noch einmal mit dem großen Silberputztuch poliert. Auf dem Adventskranz brannten zwei Kerzen. Kommissar Strietzel klopfte.

„Komm rein, Manfredo, komme rein – die Tür ist offen!", flötete Frau Bähnert.

„Mmmh, das duftet aber. Wenn es nur halb so gut schmeckt, dann mache ich sie augenblicklich zur Ehrenkommissarin! Hätten sie ja so oder so verdient."

„Nimm erst mal Platz – und jetzt: Mund auf, Augen zu!

Kommissar Strietzel befolgte brav die Wünsche. Mit der Gabel stach Frau Bähnert eine Ecke von ihrer Eierschecke ab und schob sie Manfred unter dessen Schnauzbart hinweg behutsam in den Mund. Schwelgerisch kaute er den Kuchen. Die Barthaare wippten munter auf und ab.

„Frau Bähnert, wie haben sie es gemacht?", murmelte Strietzel kauend. „Verraten sie mir das Geheimnis. Ich behalte es für mich, sie haben das Wort eines sächsischen Polizisten!"

„Es ist ganz eenfach", sagte Frau Bähnert und zählte die Zutaten auf. „Mehl, Zucker, frische Hefe, Milch, Salz, Eier vom Bauernhof, Quark, gute Butter, Vanillepudding, Vanillezucker, saure Sahne und Mandelblättchen."

„Das ist das ganze Geheimnis?“, fragte der Kommissar ungläubig. „Es muss doch noch irgendetwas geben, eine Nuance von irgendetwas, ein Hauch, der dem Ganzen die Krone aufsetzt. Frau Bähnert, ich befehle es ihnen, sagen sie mir, was drin ist! Oder ich muss sie vorladen lassen?“ Kommissar Strietzel drohte schmunzelnd mit dem erhobenen Zeigefinger.

Frau Bähnert gab sich geschlagen. Sie beugte sich hinunter zu ihrer Handtasche und kramte eine Weile darin herum. Dann zog sie das Gesuchte heraus und platzierte es auf dem Tisch neben der Eierschecke!

„Siehste, damit hab ich se alle geschlagen!“, sagte sie triumphierend.

„Mit Eierlikör? Und das, wo ich doch im Dienst keinen Tropfen Alkohol trinken darf!“

„Du sollst ihn ja auch nicht trinken, mein lieber Manne! Sondern essen! Ich nenne sie *Eiorschegge mit Schuss*!“

Die beiden lachten wie zwei kleine Kinder.

Draußen senkte sich die Nacht hernieder. Der Schnee färbte den Wäscheplatz weiß. Vor dem Fenster mit den zarten Eisblumen glitzerte der Flockenwirbel wie Sternenstaub. So wie in diesem Jahr hatte sich Frau Bähnert lange nicht mehr auf ein besinnliches Weihnachtsfest gefreut.

PR-Foto: Olaf Hais

Tom Pauls

Jahrgang 1959, kam in Leipzig zur Welt, wo er später auch sein Schauspielstudium absolvierte. 1983 engagierte ihn das Staatsschauspiel Dresden für das Ensemble. Außerdem begründete er die bis heute äußerst erfolgreiche Komödiantengruppe Zwingertrio Dresden mit. Seine Kultfigur Ilse Bähnert entwickelte Tom Pauls, der seit 1990 freischaffend arbeitet, für sein erstes Soloprogramm auf dem Dresdner Brett'l. An der Seite von Günter Zieschong (Uwe Steimle) feiert Ilse Bähnert mit dem Programm „Ostalgie" seither große Erfolge im Fernsehen und auf der Bühne. Das Multitalent Pauls singt und musiziert, spricht Hörbücher, schreibt Bücher („Das wahre Leben der Ilse Bähnert") und gehört bundesweit zu den Fernsehlieblingen aus Sachsen (ARD-Serie „In aller Freundschaft"). Im Jahr 2007 gründete Tom Pauls die Ilse Bähnert Stiftung zur Erhaltung und Pflege der sächsischen Sprache und Kultur.

Foto: Swantje Gerbert

Mario Süßenguth

Jahrgang 1970, stammt aus dem thüringischen Vogtland. Nach seinem Volontariat von 1991 bis 1993 arbeitete er bis 1997 als Redakteur für eine in Sachsen, Thüringen und Franken erscheinende Tageszeitung des Süddeutschen Verlages. Seither lebt Mario Süßenguth als freier Hörfunkjournalist, Hörbuchproduzent und Buchautor in Dresden. Er schreibt und berichtet u. a. für den Deutschlandfunk, für den Norddeutschen Rundfunk und vor allem für den Mitteldeutschen Rundfunk. Von Mario Süßenguth sind bisher bei verschiedenen Verlagen u. a. erschienen: „Der kulinarische König" (auch als Hörbuch), „Süßes Dresden", „Krabat der Zauberer" (Hörbuch bei edition Sächsiche Zeitung) sowie „Aus einem traurigen Arsch fährt nie ein fröhlicher Furz" (auch als Hörbuch).